좋아하는 마을에 볼일이 있습니다

좋아하는 마을에 볼일이 있습니다

무심한 소설가의 여행법

가쿠타 미쓰요 지음
박선형 옮김

샘터

여
는
글

　　　　　　세상이 변하면서 여행 스타일도 계속 변
해가고 있다. 가이드북이 없어도 스마트폰 애플리케이션 하
나로 지도는 물론 추천 레스토랑도 알 수 있다. 즉석에서 교
통수단을 알아보고 티켓도 바로 예약할 수 있으며 여행지에
서 택시를 부를 수도 있다. 여행자수표 따위는 일찍이 사라

졌고 현지의 화폐만 사용하는 마을이나 장소도 있다. 20여
년 전만 해도 가이드북을 이리저리 돌려가며 목적지를 찾아
가고 어느 음식점이 맛있는지 필사적으로 찾거나 어떻게 찍
힐지 몰라도 일단 카메라 셔터를 눌러댔는데, 그랬던 일도
점차 추억 속으로 잊혀간다.

　나는 유별나게 겁이 많다. 낯선 나라로 여행을 가겠다고
스스로 계획했음에도 여행 날짜가 다가오면 우울해진다. 공
항에서 마을로 가는 도중에도 심장이 두근거리며 지하철이
나 버스를 타는 것도 겁낸다. 그 도시만의 방식을 조금이라
도 알게 되기 전까지는 불안해서 어찌할 바를 모른다. 미지
그 자체인 그곳에 대해 정말 아무것도 몰랐기 때문에 그랬
던 듯하다.
　지금은 그렇게까지 무서워할 일은 없다. 처음 가보는 장
소라면 역시 불안하긴 하지만, 예전처럼 그만큼 두근거리고
바들거리지는 않게 되었다. 나이를 먹은 것도 이유가 되지

만, 이제 세계 그 어떤 곳도 이전보다 미지의 장소이지 않아서인 것도 있다. 지금은 어떤 곳이라도 알아볼 수 있다. 즉, 미리 정보를 알고 그 장소에 갈 수 있다. 그래서 세계가 더욱 질서 있게 느껴지고 알기 쉽게 되었다고 생각한다.

그렇지만 동시에 정체를 알 수 없는 공포도 만연해졌다. 여행 계획을 세우고 불안해지는 것은 '지금 내가 속고 있는 것은 아닐까' '소매치기를 당하지는 않을까' '수면제를 먹이는 강도를 만나면 어쩌지' 등과 같은 이유 때문은 아니다. 부정적인 나로서는 그런 불안함도 여전히 느끼기는 하지만 개인적인 이해를 넘어선, 뭇사람이 대상인 예측 불가능한 사건은 새로운 공포로 다가왔다. 이러한 공포는 2011년 이전에는 존재하지 않았다.

전체적으로 개방되어 이전보다 더욱 알기 쉬워지고 부드러워진 세계와, 언제 어디서 무슨 일이 일어날지 모르는 공포의 세계는 현재 내가 사는 세계와 완벽히 평행을 이루는 또 하나의 세계인 '평행우주'로 동시에 존재한다. 우리는 평행우주의 양쪽에 다리를 걸치고 여행을 해야만 한다.

　하야시 후미코林芙美子, 1903~1951년 작가는 열차를 갈아타고 파리로 향했고, 가네코 미츠하루金子光晴, 1895~1975년 시인은 배를 타고 상하이로 떠났다. 나는 그런 '옛날' 여행을 안달할 정도로 동경해 마지않는다. 글로 쓰인 말 너머로 지금은 절대로 느낄 수 없는 여행을 느꼈다.

　그런데 20대 때에 했던 나의 여행이 이제 나에게는 '옛날' 여행이 되어 버렸다. 심플하고 목가적이며 촌스러운 미지의 세계 여행은 이제 과거에만 존재한다. 한 편으로는 두근두근 바들바들하며 주변을 살피고, 한 편으로는 이해할 수 없는 공포 따윈 없다며 태평하게 길을 헤매거나 화를 내기도 하면서 사람과 만나고 가끔 울기도 하는 등의 불편을 견뎌내는 여행은 이제 두 번 다시 할 수 없을 것이다. 이런 생각을 하니 서툴고 시원찮고 가난했던 젊은 날의 내 여행이 눈물겹게 그리워졌다.

하지만 30년 가까이 여행을 하며 조금은 알게 된 점이라면 나에게 있어 '여행의 참된 즐거움'은 세계가 아무리 복잡해져도, 미지가 아니게 되거나 평행우주가 되어도, 심지어 세련되어진다 해도 변하지 않는다.

1박 2일이든 1주일이든 일단 여행을 떠나기만 하면 대부분 발견할 수 있다. 나에게 있어 여행의 참된 즐거움은, 여행을 하지 않았다면 절대로 만날 수 없었을 사람과 아주 짧은 순간이라도 함께 웃을 수 있고, 대화를 나누며 미소나 말로는 전달할 수 없는 무언가를 서로 교감하는 데 있다.

그런 소소함이 내게 여행의 참맛과 참된 즐거움을 준다는 게 얼마나 다행인지 모른다. 24세 때 했던 여행에서 발견한 보물이 변하지 않고, 여행할 때마다 여전히 그대로 발견할 수 있을 테니까. 그리고 그 보물은 내 안에서 사라지지 않고 같은 울림으로 앞으로의 여행에도 계속 함께할 테니까 말이다.

차례

출전
없는
선수
처럼

도쿄로 여행 온 외국인과 마주치면 나는
아주 잠시 숨을 고르고 준비태세를 갖춘다. 그 외국인 관광
객이 손에 가이드북을 들고 있거나 역 간판에 얼굴을 바짝
붙이고 뚫어지게 쳐다보고 있기라고 하면 바싹 긴장한 자세
로 등을 곧추세우고 대기하기 시작한다. 무언가 작은 도움

이라도 줄 수 있길 바라서이다.

그렇다고 "메이 아이 헬프 유?May I Help You?"라고 먼저 물어보며 다가서지는 못한다. 도저히 그것만은 못하겠다. 그래서 이렇게 바란다. '모르는 게 있으면 나에게 물어봐 주길, 부디 내가 아는 것을 물어봐 주길…!'

선행을 베푸는 행위처럼 보이지만, 내가 베풀고 싶은 것은 선이 아니다. 나는 빚을 갚고 싶을 뿐이다. 내가 여행할 때마다 수많은 사람에게 받았던 셀 수 없을 정도의 큰 빚을 '지금 내 눈앞의 당신에게 갚고 싶은 마음'이다. 그래서 선행을 베푸는 행위처럼 여유롭지 못하고 초조하다. 빚을 갚지 못하면 큰일이 일어날 것만 같다.

나 홀로 여행을 시작하고 20년이 넘은 최근에서야 깨닫게 된 사실이지만, 나는 여행에 서툰 사람이다. 수십 년간 여행을 계속해 왔어도 능숙해지지 못했다. 공항에서부터 숙소가 있는 도시까지 갈 때도 허둥지둥거리고, A라는 마을에서 B라는 마을까지 이동하는 방법이 가이드북에 자세히 적혀있는데도 이상하리만큼 헤맨다.

　그런데도 스스로를 이상하다고 깨닫지 못했다. 모두 그렇게 필요 이상으로 시간을 들여 헤매면서 혼자 여행을 하는 것이겠거니 했다.

　내게 가이드북은 일단 도움이 되지 않는다. 지도를 제대로 보지도 못하거니와, 곤란한 상황이 되면 나의 뇌는 제멋대로 갑자기 멈춰버리기에 어떤 문장이나 시간표도 눈에 들어오지 않게 된다. 그렇게 되면 의지할 것은 사람밖에 없다.

　그런 이유로 나는 20여 년 전부터 현재에 이르기까지 여행지에서 그야말로 무수의 낯선 사람에게 마구잡이로 말을 걸었다. 무작정 무엇이든 물어본다. 조금 과장하자면, 어떤 여행이든 무사히 돌아와 지금 내가 이곳에서 일하고 있는 것도 모두 여행지에서 만난 사람들의 도움 덕분이라고 생각한다.

대개의 사람은 단순하게 정확한 길과 방향을 알려주지만, 이따금 당황스러울 정도로 친절한 사람도 있다. 예를 들어 "○○행 버스를 타고 싶은데 여기에서 기다리면 그 버스가 오나요?"라고 물으면 그 버스를 함께 기다려주었다. 나와는 우연히 그곳에서 만난 것일 뿐, 그 사람은 다른 볼일이 있었거나 다른 버스를 기다리고 있었을 텐데도 말이다. 그렇게 친절한 사람을 적어도 10명 이상은 만났던 것 같다. 그 중에는 1시간 이상 함께 기다려준 사람도 있다. 심지어 버스에 함께 타서 내가 내리려는 정류장에서 같이 내려준 다음 다시 원래 정류장으로 돌아가는 사람을 만난 적도 있다.

학창시절 가난한 배낭여행을 했을 때 우연히 만난 일본인 스님께서 레스토랑에서 밥을 사주신 적도 있었다. 네팔의 카트만두였는데, 덕분에 배낭여행을 하면서 제대로 된 레스토랑을 처음 들어가 봤다. 헤어질 때 감사하다는 인사를 건네자 "당신이 조금 더 나이가 들게 되었을 때 어린 여행자에게 밥을 사주면 됩니다. 그것이 카르마Karma*이니까요"라는 말을 남기며 스님은 웃었다.

그 때문일까. 그 후 내가 사는 도쿄에서 관광객을 맞닥뜨리면 이름도 모르는 그 낯선 이들의 얼굴이 주마등처럼 스친다. 도움을 받은 만큼 곤란한 여행자를 도와야 한다고 무언의 압박을 느끼게 한다. 그것이 업이라고, 스님의 말을 입을 모아 이야기한다.

요즘과 같은 여름 휴가철에 도심으로 외출을 나갈 때마다 외국인 관광객 인파에 놀란다. 불과 몇 년 전만 해도 이렇게 많지 않았는데, 도쿄는 이제 국제 관광도시가 되었나 보다.

얼마 전 일이 있어 고다마こだま**호 신칸센을 탔다. 내 옆자리와 통로를 사이에 둔 두 자리에 세 명의 외국인이 좌석

---

* 업業
** 신칸센 등급 중 가장 느린 보통열차

번호를 확인하고 앉았다. 머리에 히잡Hijab*을 두른 여성과 스모 선수 체격의 남성 그리고 온통 검은색으로 차려입은 여성이었는데, 친구인지 남매인지 몰라도 모두 젊었다.

열차가 움직이기 시작하자 내 옆자리에 앉은 여성이 책을 꺼내 읽기 시작했다. 아랍어책이었다. 잠시 후 신 요코하마新横浜역에서 아이들과 함께 탑승한 부부가 이 외국인들이 앉은 좌석과 자신들의 승차권을 번갈아 보더니 "여기 우리 자리인데요, 승차권이 있으신가요?"라고 남편이 외국인들에게 영어로 물었다.

그들은 승차권을 꺼내 보였고 그것을 서서 내려다본 남편이 "음, 이거 노조미のぞみ**호 승차권인데…"라고 혼잣말을 하더니 당신들은 다른 열차를 타고 있다고 설명하기 시작했다. 부인도 옆에서 더듬거리는 영어로 그 승차권은 노조미

---

* 이슬람 여성들이 머리나 목 등을 가리기 위해 쓰는 두건의 일종
** 신칸센 등급 중 가장 빠른 특급 급행열차

호 열차이고 이 열차는 고다마호라고 설명했다.

세 명은 영어를 알아듣는 듯했지만, 그 부부가 무슨 설명을 하고 있는지는 도통 이해하지 못하는 것 같았다. 멍한 얼굴을 하고 그대로 자리에 가만히 앉아있었다. 이 상황의 경위를 바로 옆에서 지켜보던 나는 이루 말할 수 없는 극도의 긴장감을 느끼며 준비태세를 갖추고 있었다.

만일 내가 여행자였다면 노조미인지 고다마인지 들어도 모를 것 같다. 그도 그럴 것이 '신 오사카新大阪행이라고 쓰여있고 급행열차라지만 이것도 급행인데 뭐가 다르다는 것이지? 어떻게 하면 좋으냐고!'라는 생각밖에 들지 않아 답답해서 울 지경이지 않을까. 세 명의 외국인은 울려는 표정은 아니었지만, 그저 멍한 눈으로 부부를 쳐다보고 있었다.

하지만 여기가 신 요코하마니까 다음에 노조미호로 바꿔 타려면 나고야名古屋역에서 내려야 되는데, 어떻게 해야 할지 망설이던 부부는 통로에 서서 서로 이야기하더니 "내가

열차 승무원을 불러올게요"라면서 부인이 다른 칸으로 건너
가고 "지금 스태프가 오니까 걱정하지 말아요"라고 남편이
외국인들에게 말했다. 그러고는 비어있는 자리에 두 아이를
앉혔다.

　얼마 지나지 않아 순해 보이는 승무원이 부인과 함께 우
리 자리로 왔다. 우선 승무원은 외국인 세 명의 승차권을 확
인한 후 부부에게 다른 좌석이라도 괜찮은지 물은 다음 다
른 지정석을 마련해 아이들과 함께 부부를 그 자리로 안내
했다.

　그리고 팸플릿 같은 책자를 펼쳐 외국인 여행자들에게 보
여주었다. 나도 그들과 일행인 여행자처럼 느껴져 몸을 앞
으로 내밀고 자세히 들여다보니 노조미호와 히카리ひかり*
호, 고다마호의 정차역과 소요 시간이 영어로 표기되어 있

---

* 신칸센 등급 중 준급행열차

었다.

승무원은 단어를 연결하는 수준의 영어로 "당신들은 다른 열차에 타 버렸다. 시간은 좀 더 걸리지만, 어쨌든 목적지에는 도착하니 이 열차에 타고 있어도 상관없다. 좌석도 이대로 괜찮다"라고 정확하게 전달해주었다.

무슨 일이 일어난 것인지 이제야 제대로 이해하게 된 세 명은 서로 눈을 마주치며 웃음을 터뜨렸다. 승무원은 신속하게 승차권을 교체해 전달했다. 소심해 보이던 그의 얼굴이 보살님처럼 보이기 시작했다. 자리를 뜨려는 승무원에게 히잡을 쓴 여성이 "여기에 앉아도 되는 거죠?"라고 다시 확인하듯 물었다. 승무원이 "오케이, 오케이!"라고 말하며 뒤돌아서 지나가자 세 명은 "땡큐 베리머치Thank You Very Much!"라고 그의 등에다 대답했다.

대단하다, 훌륭하다! 이 좌석은 자신들의 자리라고 외국인들을 일으켜 세우지 않았던 그 부부를 시작으로 승무원의 감동적이기까지 한 마무리 대처까지! 늘 준비태세만 하는 나는 매번 출전 없는 선수와 같다. 보은에도 실패했다.

숨을 돌리고 좌석에 편히 앉아 책을 읽거나 아이패드를 보는 등 각자 알아서 시간을 보내는 세 명과 함께 나도 안도의 한숨을 쉬고 드디어 도시락 뚜껑을 열었다. 여행자를 도우려다 제대로 여행자가 된 기분을 느낀다.

관
심
과

인
연

　　　　　　자신의 의지와는 상관없이 관계하지 않
으면 안 되는 관계를 인연이라고 정의하고 싶다. 그런 의미
에서 나는 산과는 늘 신기하리만큼 인연이 있다. 그렇지만
사실 나는 산에 털끝만큼의 흥미도 없다. 오르고 싶다고 생
각해본 적도 없다. 오히려 '정상에 올라가서 대체 무얼 한다

고 그러지?'라고 느낄 정도다. 이렇게 산에 흥미가 없는데, 어째서인지 상당히 여러 차례 산에 오르는 '지경'에 이르고 말았다. 이것이야말로 인연이 아닐는지.

처음 등산했던 산은 이탈리아 돌로미티Dolomites* 의 산이었다. 방송 프로그램 제작 회사에서 트레킹Trekking** 의뢰를 받은 것이었는데, 트레킹의 정확한 의미를 몰랐던 나는 하이킹Hiking*** 과 착각해 어슬렁어슬렁 참여했다 혹독한 경험을 했었다.

여럿이서 온천으로 여행을 간 김에 산에 오른 적도 있다. 온천은 오쿠기누온천奧鬼怒溫**** 이고 올랐던 산은 기누누마

---

* 이탈리아 북부 알프스산맥의 동쪽에 있는 산맥
** 전문적인 등산 기술이나 지식 없이도 즐길 수 있는 산악 자연 답사 여행
*** 가벼운 옷차림이나 장비로 고원, 평야, 구릉, 해안지대 등을 거닐며 자연을 즐기는 행위
**** 일본 도치기현 닛코에 있는 온천

山鬼怒沼山*이었다. 등산도 한다는 말을 듣고 출발하기는 했지만, 내게 등산은 어디까지나 겸사겸사 일 뿐 목적은 온천이었다. 그래서 청바지에 트레이너를 달랑 입고 동네 산책할 때 신는 운동화 차림으로 나가 그대로 일행 뒤를 졸졸 따라 산에 올랐다.

결과는 최악이었다. 미끄러지고 넘어지느라 일행의 무리에서 이탈하지를 않나, 중간에는 추워서 혼나지를 않나… 돌아가려고 했지만 올라왔던 길을 혼자 내려갈 헛수고를 생각하니 아찔했다. 어쩔 수 없이 정상까지 올라가 일행을 찾아 함께 내려왔다. 이런 식으로 어딘가 기묘하게 일이 꼬여 산에 오르게 된 경우밖에 없다. 그렇게 일본 최고봉, 후지산 富士山에도 오르고 야마나시 현의 등산로 다이보사쓰토게大菩薩峠에도 올랐다.

• 일본 간토 도치기현의 산으로 높이는 2141미터

인연이 있다 해도 관심이 없으면 장비 따위는 무시하게 된다. 또 산이 왜 존재하는지 근본적으로 알지 못한다. 비유하자면, 주변에 근사한 이성이 있어도 관심이 없으면 집에서 입는 옷이건 잠옷이건 상관없이 아무거나 입고 만날 수 있는 것과 같지 않을까? 관심이 있어야 비로소 멋을 부리게 될 테니까 말이다. 사실 이를 깨닫게 된 계기는 바로 며칠 전이다.

다시 일 관계로 아키타秋田*와 야마가타山形** 중턱에 있는 조카이산鳥海山에 올랐다. 해발 2236미터라고 처음부터 들어 잘 알고 있었고, 본격적인 등산이라고도 들었다. 그래서 전과 같은 청바지에 스니커즈 차림이 아닌, 제대로 등산화를 신고 등산용 바지와 비 올 때 유용한 방수 재킷을 착용

• 아키타현 중서부에 있는 현청 소재지
•• 일본 혼슈 북서부 동해에 면한 현의 현청 소재지

했다. 산악대책으로는 그것만 준비했는데 충분한 줄 알았지만 아니었다.

모자가 있긴 한데 찾을 수 없어 가져가지 못했고 손수건과 티슈도 미처 챙기지(지참해야 한다고 생각하지) 못했다. 그리고 어쨌든 짐은 싫으니까 트레일 러닝Trail Running용 냅색* 안에 500밀리 생수 2병과 출발하면서 산 초콜릿, 말린 매실, 주먹밥 두 개, 휴대폰만 챙겼다.

하지만 함께 산에 오르는 사람들은 나와 달랐다. 초보자여도 제대로 등산용 배낭을 메고 모자를 쓰는 등 전신에 등산용 복장을 갖추었다. 조금 더 능숙한 사람은 비상식량까지 챙겼는데, 그 배낭은 하나같이 헉 소리가 나올 정도로 크고 묵직했다.

산에 흥미가 없는 나는 그런 모습을 보고 '다들 좋아서 하는 것이겠거니' 하며 대수롭지 않게 생각했다. '산과 어울리

---

* 아주 얇은 홑겹의 나일론 소재로 끈을 한쪽으로만 메는 가방

는 모습으로 흥을 돋우고 있는 것이겠거니' 하고 말이다.

산에 오르기 시작하자마자 내 가방을 보고 등산에 익숙한 대부분 사람이 놀라면서 "짐이 작네요" "짐이 참 작네요"라고 한마디씩 건넨다. 나는 재킷을 구겨 넣기도 어려운, 한쪽 끈만 달린 작은 나일론 주머니가 점점 부끄러워졌다.

그도 그런 것이 옆에서 걸어가는 사람이나 오가는 등산객 중 아이나 어르신 할 것 없이, 모두 단 한 명의 예외도 없이 제대로 등산복 차림을 하고 등산용 배낭을 메고 있었기 때문이다.

그렇게 정상으로 향하는 5시간 남짓 동안 나는 줄곧 후회막급이었다. 왜 모자를 찾거나 사지 않고 그냥 왔을까. 왜 트레일 러닝용 장갑을 샀으면서도 사용할 절호의 기회를 놓쳐버렸을까. 왜 산장 화장실에는 티슈가 없다는 사실을 기억하지 못했을까. 왜 손도 제대로 씻을 수 없다는 것을 인지하지 못했을까. 땀을 닦을 무언가가 필요하다는 사실을 왜 깨닫지 못했을까.

　그리고 무엇보다 부끄러운 점은 한쪽 어깨에 덜렁덜렁 걸치고 나온 이 나일론 주머니였다. 한쪽으로만 메다 보니 어깨가 결리고, 재킷이 들어가지 않으니 덥다고 재킷을 벗어도 번거롭게 허리에 둘러매고 다닐 수밖에 없다. 먹을 것만 들어있는 주머니, 누가 봐도 아이들 피크닉 수준이다.

　가장 후회스러운 점은 제대로 된 트레일 러닝용 배낭과 등산용 배낭 모두 집에 있다는 사실이다. 가지고 있으면서도 집에 고이 모셔만 둔 채 이따위 주머니를 달랑 들고 오다니! 어째서 이런 일이 일어났는지 묻는다면 산에 관심이 없어서, 단지 그 이유 하나로 설명이 되지 않을까. 관심이 없으니까 그 어느 것 하나도 배우려 하지 않은 것이다. 그런데 등산로 초입에서 하산 지점에 도착할 때까지 휴식 시간을 포함해 꼬박 11시간을 걷다 보니, 모두의 옷차림과 짐이 단지 등산의 흥을 돋우기 위한 것이 아님을 알게 되었다.

　벌레가 많아지면 배낭에서 벌레퇴치용 스프레이를 꺼내

뿌려주기도 하고 휴식 시간에는 물티슈를 꺼내 손을 닦으라며 건네주었다. 등산 경험이 많은 사람들은 정상에서 전용 냄비에 물을 끓여 라면을 만들어 먹기도 했다.

바람이 차갑다 싶으면 배낭에서 바람막이를 꺼내 입고 땀이 나고 더워지면 바람막이는 다시 배낭에 넣고 수건을 꺼내 목에 둘렀다. 티슈가 없다고 하자 모두 여분의 티슈를 나눠주었다. 암벽에서 무릎을 베이는 상처가 났을 땐 상비약이 들어있는 파우치를 건네주는 사람을 보고 깜짝 놀랐다. 그 파우치에는 소독약과 거즈, 각종 사이즈의 밴드와 연고 외에도 다양한 상비약이 잔뜩 있었다. 모두 산에서 일어날 수 있는 상황들을 예측해 경우에 맞게 대처할 수 있도록 필요한 물건을 배낭에 넣어왔던 것이다.

음식만 달랑 넣고 와서 돌아갈 때는 빈 껍질이 된 나일론 주머니를 보니 짜증이 밀려왔다. 아무리 산에 관심이 없다고 하지만 이렇게 빈번하게(올해만 두 번째) 산에 오르고 있

을 정도로 인연이라면 인연인데, 이제 슬슬 나도 제대로 산
과 마주해야 하지 않을까 싶었다.

다음에 산에 오를 때는 다른 건 몰라도 물티슈는 꼭 필요
하니 챙겨와야지. 선크림, 손수건, 티슈도 절대 잊지 않도록
기억해둬야지. 집에 고이 모셔둔 장갑과 배낭은 필수다. 모
자도 찾아놓고 제대로 갖춰진 등산복도 사두기로 한다. 등
산용 취사 냄비도 욕심나지만 내 수준에서는 아직 이른 감
이 있으니 다음에 사야지.

드디어 이렇게 진지하게 등산에 대해 생각하게 되었다.
그런데 과연 다음 산행 때까지 잊지 않고 실행할 수 있으려
나. 왠지 같은 일을 되풀이할 것만 같다. 어쨌든 산에 관심
이 없다는 사실만큼은 쉬이 변하지 않을 테니까.

모
든

것
은

변
한
다

　　　　　　스페인과 이탈리아로 출장 겸 여행을 다
녀왔는데, 두 나라에서 거의 동시에 《8일째 매미八日目の蝉》*
가 출간되어 프로모션 차 가게 되었다. 스페인은 마드리드,

──────

● 이 작품으로 중앙공론문예상 수상

이탈리아는 로마와 볼로냐를 다녀왔다.

　스페인은 처음이냐는 질문을 여러 사람에게 들었는데, 세 번째라고 대답하다 첫 방문이 언제였는지 기억을 더듬어봤다. 놀랍게도 벌써 20년이나 되었다. 당시 마드리드에는 체류하지 않고 2주 동안 그라나다, 말라가, 세비야, 카세레스로 이동하면서 에스파냐의 초현실주의 화가 살바도르 달리 Salvador Dali, 1904~1989년의 고장 카다케스까지 갔었다. 그때 나는 27살이었는데, 스페인 음식과 와인에 크게 매력을 느끼지 못했고 스페인 사람에 대해서도 감흥이 없었다.

　두 번째 방문은 5년 전으로 바스크 지방 쪽을 여행했었다. 바Bar 문화가 성행하는 곳으로 산세바스티안에는 선술집이 늘어서 있다. 그제야 20대 때의 내가 미처 미각에 눈을 뜨지 못했음을 깨닫게 되었다. 그 후로 이번 여행이 첫 마드리드 방문이다.

고백건대 마음이 조금 무거웠다. 스페인 여행을 했던 당시 심각한 치안 문제가 있었기 때문이다. 나는 배낭여행을 하면서 그동안 어떤 여행지에서도 소매치기당하거나 가방을 도난당해본 적이 없었다. 하지만 스페인 여행에서 처음으로 가방을 도난당했었고 수상한 남자에게 미행을 당한 적도 있었다.

그리고 2000년대 전후에 '스페인의 목 졸림 강도'에 대한 소문이 급격하게 퍼졌었다. 뒤에서 목을 졸라 관광객을 기절시킨 후 금품을 빼앗는 사건이었다. 게다가 스페인 안에서도 마드리드는 내가 예전에 여행했던 곳보다 훨씬 위험한 곳이라고 들었기에, 어쩌면 그런 이유로 줄곧 여정에서 제외해왔는지도 모르겠다.

20년 전 빼앗긴 여행의 즐거운 기억과 위의 소문들이 합쳐져 내 머릿속에는 '마드리드'라고 하면 '최악!'이라는 단어가 붙는 위험지역이라는 이미지로 깊이 심겨있다. '목 졸림을 당하면 어쩌지'라고 생각하니 점점 암울해진다. 그렇다. 내가 원래 부정적인 타입임은 인정한다.

　마드리드에는 전날 밤에 도착했고 일정의 시작은 오후부터여서 다음 날 아침 혼자 거리를 산책했는데, 걷자마자 무언가 조금 이상했다. 내가 생각했던 마드리드가 아니었다.

　우선 햇살이 다르다. 이토록 햇볕이 반짝반짝 내리쬐는 장소일 것이라고 생각하지 못했다. 그리고 길가도 다르다. 쓰레기도, 강아지 배변도 보이지 않는다. 뭐지, 이 쾌적함은? 오가는 사람들의 표정도 온화하다.

　무엇보다 가장 다른 점은 위험한 낌새가 전혀 느껴지지 않는 것이다. 어떤 도시의 치안이 좋고 나쁨은 감각으로 알 수 있는 법(분명히 알 수 있다)! 특히 부정적이고 겁쟁이인 나는 치안의 위험성이 고작 5퍼센트 정도여도 민감하게 감지할 수 있어서 '여기는 무서워'라고 바로 알아차린다. 그런데 그 감각이 전혀 작동하지 않는다. 반대로 이곳은 괜찮으니 안심하라며 온몸에서 신호를 보낸다.

그날 밤 함께 일하는 사람이 선술집에 데려가 주었다. 좁
은 골목에 바가 줄지어 있는 곳이었다. 한 가게에 계속 머물
며 마시는 것이 아니라, 조금씩 먹고 마신 후 또 다른 가게
로 옮겨 다시 먹고 마시는 것이 현지인들이 바를 즐기는 문
화라고 들어서 우리도 그렇게 마셨다.

시간이 지나자 모든 가게가 사람들로 붐비기 시작했다.
좁디좁은 골목을 지나다니는 사람도 계속 늘어난다. 게다가
모두 흥겹다. 밤 11시를 넘긴 시간인데도 아이들을 데리고
나온 가족들도 보인다. 바르셀로나와 마드리드의 축구 경기
가 있던 날이기도 했는데, 마드리드가 이겨 모두 신이 났다
고는 하지만 그럼에도 너무 많은 인파에다 흥이 지나치게
넘쳐났다.

세 번째로 들어간 바는 그야말로 만원 지하철 상태였다.
그런데도 사람들은 정신없는 카운터에서 술과 안줏거리를
현금으로 산 후 인파 속을 뚫고 아무렇지 않게 자기 자리로
돌아와 친구와 먹고 마시고 즐긴다.

나도 사람들과 어울려 술 마시는 것을 즐긴다. 선술집에서 서서 마시는 것도 좋아한다. 세련된 레스토랑의 코스 요리보다 바의 안주가 몇 배는 더 내 취향이다.

그렇다 해도 이렇게나 많은 인파 속에 파묻힌 상태로 술을 마시는 것은 내키지 않는다. 이 사람들은 도대체 어떻게 이렇게 옆 사람과 밀착한 채 자신들의 이야기에 몰두하고 마실 수 있는지 의아해하며 보고 있자니, 문득 이국 문화에 대해 생각하게 된다. 무엇이 불편하고 그렇지 않은지는 아주 사소한 문제라 그 나라의 문화에 따라 전혀 다르기도 하지 않을까.

지나친 혼잡함에 난처해져 그곳을 나와 다른 가게로 갔지만, 이곳도 점점 취객이 번식하듯 불어나기 시작했다. 취객이 많아서라기보다 취객밖에 없는데도 전혀 위험이 느껴지지 않는다. 일행 중 스페인에 오랫동안 거주하는 사람의 말에 의하면 치안 문제는 꽤 오래전에 해결되어 지금은 문제없는 안전한 도시가 되었다고 한다.

듣고 보니 그럴 수 있다는 생각이 들었다. 그도 그럴 것이 내 학창시절 때의 뉴욕은 치안이 상당히 좋지 않은 곳이었다. 진입을 금지하는 장소가 지정되어 있을 정도였으니까. 그런데 지금은 뉴욕도 안전한 도시가 되었으니, 역시 시대는 변하는 것이다. 그러니 나도 예전의 이미지를 자꾸 바꿔나가지 않으면 안 된다.

다음 날 여유시간에 또다시 거리를 산책하다가 '시장'이라는 이름의 큰 규모의 선술집 거리를 발견했다. 창고처럼 거대한 건물에 어패류, 굴, 햄, 크로켓, 각종 안주, 반찬, 치즈 등을 파는 다양한 포장마차가 있고 와인을 파는 가게도 있다. 줄을 매단 쟁반을 목에 걸고 와인을 잔으로 파는 사람도 있다.

뭐지 여기는? 선술집의 천국인가!? 점심밥을 막 해결해 배가 비어있지 않은 것을 후회하면서도 눈을 반짝이며 포장마차 이쪽저쪽을 돌고 또 돌았다. 여기도 어김없이 사람으로 북적였다. 이런 상황인데도 모두 자리를 잡고 친구와의 수다에 빠져 마시고 먹고 즐긴다.

번잡함이라던가, 피곤함이라든가, 사람과 부딪히는 불쾌함이라든가 등은 전혀 신경 쓰지 않고 그저 마시고 먹으며 이야기 나누는 것을 최우선으로 여기는 나라인가. 어찌 되었건 스페인을 처음으로 재미있다고 느끼게 되었다. 지금이라도 이렇게 느껴져서 다행이다.

그곳에서 살고 싶다

　　　　　호불호와는 별개로 마음에 맞는 장소가 있다. 그러한 장소에 방문해서야 호불호와 마음에 맞는다는 것은 서로 다른 감각임을 알게 되었다. 이것은 친구와의 관계나 연인 관계에서도 비슷하지 않을까.

'마음에 맞다'라는 것은 아마도 자신만 아는 감각일지도 모른다. 그런 상대와 있으면 편하고 스트레스를 받지 않는다. 말을 하지 않아도 즐겁다. 그런 심리적인 기분 좋음이 신체에서도 느껴진다.

장소도 마찬가지다. 그러한 장소에 있으면 편한 기분이 든다. 아무것도 하지 않아도 편안한 마음이 들고 아무것도 하지 않아도 즐겁다. 그 점을 무엇보다 몸이 먼저 알아차린다.

나는 홍콩과 잘 맞는다. 태국이나 이탈리아나 멕시코를 더 좋아하지만, 그 나라들에서 여행한 장소보다 홍콩과 더 잘 맞는 느낌이 든다. 홍콩에 도착해 환전하거나 지하철표를 사거나 하는 일부터 신이 난다. 공항에서 시내로 향하는 지하철에 타는 것만으로도 즐겁다. 이 감정은 흥분도 긴장도 아닌, 적당한 기분 좋음이다.

처음 홍콩에 간 게 벌써 10년도 더 되었는데 그 후로도 일로 한 번, 짧은 휴가로 두 번 방문했다. 첫 방문부터 이미 즐거웠었다. 나는 이 장소와 잘 맞는다고 바로 직감했다.

　작년의 일이다. 호텔 프런트에서 호실 번호가 적힌 카드
키를 받고 방으로 올라가 카드키를 꽂았는데, 문이 열리지
않았다. 몇 번을 시도해도 열리지 않는다. 마침 복도에 있던
중년 여성쯤 되어 보이는 직원에게 "이 문, 열리지 않는데
요?"라면서 카드키를 보여줬다. 그녀도 몇 번인가 카드키를
꽂아보지만 열리지 않는다.

　그러다 카드키에 적힌 호실 번호를 뚫어지게 쳐다보더니
"어머, 이거 번호가 다르네요!" 하며 웃음을 터트렸다. 그러
더니 다른 방으로 나를 데리고 갔다. 단순히 내가 번호를 잘
못 읽은 것뿐이었다. 드디어 문이 열렸다! 그 직원과 나는
손을 맞잡고 함께 웃었다. "정말 감사합니다, 바이~" 하며
서로 인사하고 헤어진 후 나는 웃으며 방으로 들어왔다. '그
래, 이런 것이지!'라고 다시금 느꼈다.

마음이 맞는 것이란 이렇듯 정말로 사소하고 별일 없는 일에 웃어넘길 수 있는 것, 그 나라 말을 몰라도 어쩐지 평소처럼 대화를 나누고 있는 것이 아닐까.

마음이 맞지 않는 나라였다면 어땠을까? 문이 열리지 않으면 일단 근처에 있는 직원을 찾는다. 그리고 그 직원은 100퍼센트 퉁명스럽다. 직원도 카드키를 꽂아봤지만 역시나 문은 열리지 않는다. 프런트에 문의하라는 말을 듣고 프런트로 갔지만, 카드키에는 이상이 없다는 답변만 듣는다. 그래서 다시 객실로 올라와 한 번 더 시도했지만, 여전히 열리지 않는다.

울고 싶은 심정으로 카드키를 쳐다보다 번호를 잘못 읽었음을 알게 된다. 고요한 적막이 흐르는 호텔 복도를 뚜벅뚜벅 걸어 번호에 맞는 방에 도착한다. 이런 기억은 아마 3일 후면 잊힐 것이다.

진심으로 홍콩에서 한번 살아보고 싶다는 생각을 한 적이
있다. 8년 전 즈음 홍콩을 여행했을 때 일로 알게 된 사람들
이 호텔에 사는 지인의 이야기를 꺼냈다. 센트럴Hong Kong
Central°에 있는 5성급 호텔로 빅토리아항Victoria Harbour이 보
이는 방을 빌려 살고 있다고 했다. 월세가 얼마라든가 욕실
이 빅토리아항 쪽을 바라보고 있다든가 등 그런 이야기를
나눴는데, 그때는 단지 "흐음~" 정도로 받아들였다. 여행에
서 돌아온 후에는 잊고 있었다.

그 후 몇 년이 흘러 개인적으로 심하게 타격을 입은 사건
이 일어났다. 당분간은 회복되기 어려울 정도로 심한 상처
였다. 그때 지푸라기라도 잡는 심정으로 떠올렸던 것이 홍
콩이었다. '홍콩으로 도망치자. 그래, 이 상처가 조금 나을
때까지만. 맞아, 나는 지금 피난 가는 거야.'

———————
● 중국의 특별행정구 홍콩섬 북서쪽에 있는 중심가

정말로 힘들 때 친한 친구를 만나 위로받고 싶은 것처럼, 그런 생각이 들었다. 이전에 이야기했던, 초호화 호텔에서 월에 얼마로 머문다는 그 호텔 생활을 상세하게 떠올렸다. 분명 월세는 고가였지만 5성급 호텔의 싱글룸이라고 생각하면 터무니없는 가격은 아니었다. 실제로 내지 못할 가격도 아니었다. 평생 내기에는 어렵겠지만, 1년 정도는 가능할 것 같았다.

당시 나는 도쿄에서 영어 회화 클래스를 듣고 복싱을 배우고 있었다. 둘 다 그만두기는 싫어서 홍콩에 있는 영어 회화 클래스를 알아보고, 복싱체육관을 찾아봤다. 도쿄의 집은 1년간 어떻게 해야 하나 싶었지만, 일단 홍콩에 가서 직접 호텔과 방을 정해 이야기를 끝내고 영어 회화 클래스도 미리 견학해보자고 생각했다. 그리고 나서 도쿄의 집을 어떻게 할지 정해야지 싶었다.

마음에 맞는 도시인 홍콩에서 생활하는 나의 모습을 무작정 상상해봤다. 실제로 홍콩은 도쿄에서도 가깝기에 꽤 먼 곳으로 이사하는 듯한 감각도 아니었다. 그 거리감도 피난에는 적당하지 않을까 싶었다.

　무엇보다 길가 노점에서 죽을 사 먹거나 일본 음식 재료가 많은 마트에서 장을 보거나 지하철을 자유롭게 갈아타는 나를 상상하면서, 심각했던 상처를 조금씩 잊을 수 있었다.

　결국, 홍콩으로 피난 가지는 않았다. 그런 꿈을 꾸고 있던 차에 도쿄에 있어야만 할 부득이한 사정이 생겨버렸기 때문이다. 도쿄에 있으면 그만큼 일이 밀려와 쫓기게 되고, 그러는 동안 절대로 치유되지 않을 듯했던 상처도 어느새 딱지가 생겨 조금씩 아물며 벗겨지기 시작했다. 시간은 대단하지 않은가, 아니 일이 대단한 건가.

　여하튼 지금도 홍콩으로 피난 가려 했던 일을 가끔 떠올린다. 당시 너무나도 간절히, 거의 염원하듯이 상상했기에 반은 살다 온 것 같은 착각마저 들었다.

수년 전에 친한 친구가 홍콩으로 이사했다. 덕분에 작년에도, 올해에도 그 친구를 만나러 짧은 홍콩 여행을 다녀왔다. 변함없이 홍콩과 나는 마음이 맞는다. 친구와 함께는 물론 혼자서도 여행 내내 웃으며 지낸다.

빨리감기처럼 보이는 에스컬레이터의 빠른 움직임을 보고 있는 것만으로도 웃음이 난다. 그 에스컬레이터를 타고 지하철역으로 내려가면서, 많은 사람이 교차하는 건널목을 건너면서, 난폭한 버스에 몸을 실으면서 여기에서 살았으면 어땠을까 다시 생각해본다. 이상하게도 아쉬움보다는 그리운 마음에 사로잡힌다.

프놈펜발 시아누크빌행

　　　　　　신정 3일 심야부터 5일간 짧은 여행을
떠났다. 목적지는 방콕 경유의 프놈펜이다. 앙코르와트에서
가까운 씨엠립이 아닌 프놈펜으로 정한 이유는 캄보디아에
서 가장 큰 규모의 유적지인 킬링 필드Killing Fields가 있기 때
문이다. 꽤 오래전부터 그곳에 가기를 바랐다. 오랫동안 가

고 싶었던 그 장소와 박물관으로 공개된 투올 슬랭 대학살 박물관을 하루 동안 방문하고 다음 날에는 프놈펜 곳곳을 걸어 다녔다.

남은 며칠 모두 프놈펜에서 지내도 괜찮았지만, 문득 다른 장소도 가보고 싶다는 생각이 들어 어디를 갈 수 있을지 가이드북에서 찾아보았다. 시아누크빌이 버스로 4시간 정도 걸린다고 적혀져 있다.

다음날 버스터미널에 가보니 마침 15분 후에 출발하는 버스가 있어 표를 사고 버스를 기다렸다. 시아누크빌에 가는 듯 보이는 관광객이나 현지인이 여기저기에서 모이기 시작했다. 가만히 기다리는 사람도 있고 서 있는 각각의 버스를 돌아다니며 "시아누크빌? 시아누크빌?"이라고 물어보는 사람도 있다. 그 외에도 버스터미널 매점에 음료수를 사러 가는 사람과 담배를 태우는 사람 등 가지각색이다.

드디어 시아누크빌행 버스가 도착했다. 사람들은 짐은 화

물칸에 싣고 표는 차표를 받는 차장에게 보인 후 버스에 올
라탄다. 나도 그렇게 버스에 타서 표에 적힌 좌석으로 갔다.
예상대로 누군가가 앉아있다. 꼭 이렇게 자기 번호에 앉지
않는 사람이 있기 마련이다. 그 사람에게 내 표를 보여주자
"아, 죄송. 번호가 있었지"라는 식의 말을 중얼거리면서 자
신의 자리로 갔다.

   출발 시각에서 15분쯤 지나서야 버스는 출발했다. 교통
신호가 극단적으로 적고 차선이 없어 양쪽 차선은 물론 심
지어 사선이나 옆에서도 오토바이와 자전거, 툭툭*, 자동차,
대형트럭, 버스까지 뒤섞여 달리는 것이 캄보디아의 일상적
인 교통 사정이다. 조금이라도 막힌다 싶으면 좁은 길에서
도 자유로운 오토바이나 툭툭은 인도로 올라가 달리기도 하
지만, 당연히 버스는 지지부진하게 달린다. 여기저기서 경

───────────

● 오토바이를 개조한 택시

적이 시끄럽게 울린다.

창문 밖으로 거의 바뀌지 않는 프놈펜의 마을 풍경을 보며 꾸벅꾸벅 졸다 정신을 차려보니 출발 후 거의 2시간 정도가 지났다. 버스는 이미 마을을 한참 빠져나온 뒤였다. 창밖 풍경으로 푸른 나무들과 그 뒤로는 갈색의 대지, 더 뒤로는 능선이 이어진다.

버스의 앞쪽 창에 달린 텔레비전에서 비디오 영화가 상영되고 있다. 캄보디아 영화인지 캄보디아어로 더빙을 한 아시아 영화인지 잘 모르겠다.

이 버스에 함께 탔던 사람들을 최대한 떠올려본다. 가장 눈에 띄었던 사람은 미국인으로 보이는 청년 두 명이었다. 탱크톱에 짧은 반바지를 입은 청년들이었는데, 목과 얼굴 이외의 몸 전체에 타투를 했다. 동남아시아를 돌아다니며 태국의 카오산 근처에서 했을 것 같은 마리아상과 태양, 무지개, 불경의 기하학적인 문양 등을 팔이며 정강이까지 새

겼다. 머리카락을 하나로 올려 묶은 남자는 두 팔에 다섯 줄
정도의 태국어로 타투를 새겨 채웠다. 그들과 세 명의 여성
들은 흥이 넘쳐서 버스에 타기 전부터 신나 보였다.

그리고 놀랄 만큼 아름다운 길고 검은 머리카락을 가진
젊은 여성과 특별한 매력이 느껴지지 않는 남성 커플, 버스
에 타기 전부터 계속 뭔가를 먹고 있는 유럽의 중년 여성 두
명, 갓난아이를 안고 탄 캄보디아의 젊은 부부(집으로 가는
길일까), 캄보디아 남성 여러 명, 리조트에 가는 듯한 편안한
복장을 한 젊은 여성 두 명, 그리고 운전기사와 소년으로 보
이는 차장이 떠올랐다.

만일 이 버스에 무슨 일이 생긴다면 어떻게 될까? 인적이
드문 장소에서 엔진이 꺼진다면? 갑자기 폭우가 쏟아져 전
진도 후퇴도 못 한다면? 외계인 같은 생물체의 습격을 당한
다면? 그렇게 되면 나는 이 버스를 함께 타고 있는 사람들
과 서로 협력해 문제를 해결해야만 할 텐데.

타투를 한 청년 두 명은 겉모습은 껄렁해 보여도 의외로 어떤 문제가 생기면 여러 일을 척척 해결할 것 같다. 커플은 분명 다투기만 할 것 같고, 갓난아이는 모든 사람이 보호하지 않으면 안 된다. 그럼 가장 도움이 될 것 같지 않은 사람은 계속 먹기만 하는 중년 여성 둘과 내가 아닐까.

예전부터 이국에서 버스로 몇 시간 동안 이동하는 여행을 할 때면 버릇처럼 이런 상상을 자주 하곤 한다. 마침 그날 그 시간, 그 버스에 함께 탄 우연이 아니라면 말을 건네거나 다시 재회할 일도 없을 사람들이 함께 무언가를 해야 할 일이 생기게 된다면 어떻게 될까? 버스에 함께 탄 것만으로는 알 수 없었던 무언가를 계속 알게 될 것이고, 생각지도 못한 사람과 친해지거나 티격태격할 수도 있지 않을까.

그런 생각을 하다보니 지금까지 만나 온 여러 사람의 얼굴이 계속 떠오른다. 그렇게 친했었는데 지금은 만나지 않는 친구, 자주 만나지는 않지만 인연을 이어가고 있는 친

구, 오랫동안 사귀었던 애인, 여행지에서 만나 친해진 지인, 20년 이상 함께 일하고 있는 사람, 이 세상을 떠났기에 두 번 다시 만날 수 없는 사람들 등 이국의 버스에 함께 탄 우연보다 더욱 필연적으로 이루어진, 더욱더 깊은 인연의 사람들이다.

인생이란 시간에서 내려다보면 그 사람들과도 아주 짧은 순간 같은 버스에 탄 것일 뿐이다. 인생의 여정은 프놈펜에서 시아누크빌까지의 거리보다 훨씬 길고 복잡하며 몇 번이고 환승이 필요하다. 종종 버스는 엔진이 고장 나고, 길을 잃고, 우주인의 기습 공격을 받는다. 그저 승객에 지나지 않는 우리는 서로를 알아가게 되고 힘을 합쳐 헤쳐나가고자 하며 생각지 못한 사람을 좋아하거나 싫어하게 되지만, 결국 자신의 환승 지점이 오면 모두에게 손을 흔들고 이별한다. 우리네 삶도 그러하지 않은가.

이런 생각에 잠겨있는 사이 버스는 엔진에 문제없이, 아무것에도 습격당하지 않고 시아누크빌로 보이는 곳에 도착했다. 툭툭 운전기사들과 저렴한 숙박업소를 호객행위 하는 사람들이 버스 주변을 둘러싸고 있다. 장시간 함께 버스를 탄 모든 사람은 각자 자신이 갈 목적지를 향해 씩씩한 발걸음으로 사라진다.

좋은 기억으로 남기를

"안타깝게도 프놈펜의 치안이 예전보다 훨씬 나빠졌어요. 특히 빈번하게 일어나는 범죄가 오토바이를 타고 가방을 낚아채는 날치기입니다. 그런 타입의 가방이 특히 위험하니 반드시 앞으로 멘 후 양손으로 움켜쥐고 다니세요. 걸을 때는 차도 쪽이 아닌 건물 쪽으로 바짝 붙어서 걸으시고요."

신정 연휴 동안 방문했던 프놈펜에서 소매치기를 당할 뻔
했다. 프놈펜에 도착했을 때 체크인한, 작은 호텔 프런트에
있던 청년이 외출하는 나와 남편을 불러 세웠다. 내 어깨에
걸친 가방을 가리키면서 위와 같이 설명한 다음, 얼마 전에
피해를 보았던 투숙객 이야기를 해주었다.

무척이나 친절한 사람이라는 생각과 함께 그의 이야기를
경청한 후 거리를 걸을 때 충고대로 걸었다. 황당한 주차에
인도가 인도인지 차도인지 알 수 없는 프놈펜의 거리였지만
심각하게 혼잡하지는 않았다. 사람이 많아 활기찼지만 한적
한 마을 분위기가 느껴졌다. 그래도 일단 조심해서 나쁠 것
은 없으니 신경 쓰며 걸었다.

나는 지금까지 단 한 번도 소매치기나 도둑을 맞은 적이
없다. 혼자 여행하기 시작한 후 20년이 넘게 흘렀고, 그동안
방문한 나라는 약 40개국 이상 된다. 여러 번 방문한 나라도

있기에 여행 횟수는 단순히 계산해도 그 이상이다. 그런데
도 아직 겪어보지 못했다.

　단 한 번, 스페인 코스타 델 솔Costa del Sol*에서 혼자 수영
하러 갔을 때 가방을 도둑맞은 적은 있다. 해변에 짐을 두고
바다에서 놀다 돌아오니 짐이 없어졌다. 가방에 들어있던
것은 일기장과 저렴한 손목시계, 동전 지갑 정도였지만 그
래도 여행 중 처음으로 소지품을 도둑맞은 것이어서 놀라웠
고 큰 충격이었다.

　지금 생각해보면, 짐을 그대로 두고 몇십 분이나 그 장소
를 벗어났다가 다시 돌아왔을 때 짐이 계속 제자리에 있을
수 있는 것은 일본에서나 가능하지 않을까 싶다. 오히려 짐
이 있는 게 이상할 수도 있겠다. 하지만 당시에는 그 사실을
몰랐다. 그저 "왜! 너무해!!"라고 원망했다. 그 후에는 당연
히 어떤 가방이라도 방치하지 않게 되었다.

---

* 스페인 남부 휴양지

한 번도 경험하지 않은 것은 나와는 상관없는 일이라고 무의식적으로 믿게 된다. 예를 들어, 허리를 삐끗하게 되기 전까지는 친구로부터 그런 증상을 들어 알고 있긴 했어도 나와는 관계없는 일이라고 생각한다. 그래서 내 허리에서 그 일이 일어나면 소스라치게 놀라는 것이다. 마찬가지로 프놈펜에서 붐비는 시장이나 관광명소에 갈 때마다 일단 조심하긴 했지만, 역시 한 번도 경험하지 못했기에 무의식적으로는 소매치기의 존재를 믿지 않았다.

저녁 식사 후 호텔 근처의 바에 한잔하러 갔다. 대부분 가게가 문을 닫아 어렵게 찾아 들어간 바였다. 바에서는 현지 청년들이 떠들면서 술을 마시고 있었는데, 밤 11시가 넘자 그들도 돌아가고 손님은 나와 남편뿐이었다.

자정이 지날 무렵 우리도 돌아가려고 계산을 하고 밖으로 나왔다. 가로등이 드문드문 켜졌지만 여전히 어두운 골목을 걷고 있는 사람은 우리밖에 없다. 하지만 호텔까지는 고작 200~300미터 거리이다. 남편이 차도 쪽으로 걷고 나는 주의하면서 주택 담벼락 쪽에 붙어 걸었다. 가방은 조언대로 착실하게 벽 쪽으로 들었다.

한순간의 일이었다. 두 명이 탄 오토바이가 나와 주택의 벽 사이를 뚫고 들어오더니 뒤에 탄 남자가 어깨에 멘 가방을 잡아당겼다. 나는 필사적으로 가방을 끌어안았고 그들은 재빨리 포기하며 순식간에 달아났다.

무슨 일이 일어났는지 정신이 혼미해진 나와 남편은 서로의 얼굴을 바라봤다. 늦은 시간까지 마셨다고는 하지만 취하지는 않았다. 뒤에서 갑자기 파고든 오토바이가 나와 벽 사이를 끼어들었던 것도 놀라웠지만, 더욱 놀랐던 점은 어떠한 소리도 듣지 못했다는 것이다. 가히 신의 경지이다.

포기가 빠른 소매치기 일당이어서 다행이었다. 오토바이 날치기를 당할 때 저항하다 넘어지거나 끌려가거나 하는 사람의 이야기가 떠올라 갑자기 공포가 밀려온다. 호텔로 돌아와 팔을 살펴보니 그들이 가방을 뺏으려다가 낸 손톱자국인지 안쪽에 옅게 상처가 남아있었다. 생각할수록 소름이

돈다. 이제야 비로소 소매치기나 날치기 같은 도둑의 존재에 대해 믿지 않았던 자신을 돌아보게 되었다.

첫 자유여행 때 떨어뜨렸는지도 몰랐던 지갑을 돌려받은 적이 있다. 방콕에서 치앙마이로 향하는 야간열차였는데, 심야에 식당칸에서 돌아온 후 2층 침대에 올라 잠을 청했었다. 다음날 침대 커튼을 걷으니 누군가가 내 지갑을 가지고 와서 "이거 어제 떨어뜨리지 않았나요?"라고 물었다. 어젯밤 식당칸에서 자리로 돌아오는 길에 잠깐 마주친 일본인이었는데, 오늘 아침 지갑을 발견해서 열어보고는 혹시나 해서 들고 왔다는 설명을 했다.

나의 여행관은 아마도 이를 기반으로 하고 있지 않나 싶다. 즉 '사람은 선의의 동물이다'라고 믿는다. 하지만 현실은 그렇지 않다는 것도 알고 있다. 자고로 사람을 쉬이 믿어서는 안 되는 법이니까. 이제는 바람에 가깝지만, 그래도 선의의 동물이라는 생각이 떨쳐지지 않는다.

만일 가방을 소매치기당했다면 돈이나 찍은 사진을 잃어
버렸음에 발을 동동 구르며 억울해했을 것이다. 설상가상으
로 여권까지 들어있었다면 그 후 수속의 번거로움에 낙담까
지 하게 되었겠지만, 정말 받아들이기 어려운 것은 그런 문
제가 아니다.

도난을 경험했던 그 마을 그 나라를, 아니 그 여행 자체
를 다시는 떠올리고 싶지 않을 만큼 최악으로 느끼게 될 테
고 그렇게 느끼는 마음이 스스로에게 상처가 되겠지. 그렇
게 상처받기는 싫다. 이렇게 느끼는 이유는 분명 떨어진 지
갑을 건네받은 경험에서 발단된 것이리라 본다.

아이러니한 이야기지만, 마술처럼 갑자기 나타난 날치기
범들이 가방을 훔치려다가 포기하고 가버린 것에 감사한다.
그 마을도, 그 여행도 싫어지지 않고 내가 어리숙했다고 웃
어넘길 수 있는 에피소드가 단지 하나 늘었을 뿐이니까.

말하는 대로 이루어진다

우리 집에는 고양이가 산다. 5년 전에 만화가 사이바라 리에코西原理恵子, 1964년~ 씨의 집에서 태어난 새끼 고양이를 분양받아 키우고 있다. '아메리칸 쇼트헤어'라는 종이라고 한다.

나는 개나 고양이의 종에 대해 잘 몰라서, 아메리칸 쇼트헤어라는 종의 이름은 들어봤어도 털의 무늬가 이렇게 특이한 줄은 몰랐다. 배와 볼에서는 불교 한자와 같은 무늬가 보이는데, 특히 볼의 무늬는 밤이 되면 세 번째 눈처럼 보이기도 한다. 그동안 새보다 큰 동물을 길러 본 적이 없어서 언젠가 길러본다면 나는 개를 더 좋아하니 아마도 개를 키우게 되지 않을까 생각했었다.

그런데 우연한 기회로 고양이를 기르게 되었다. 고양이를 기르리라고는 상상해본 적도 없었기에, 5년이 지난 지금도 집에서 발라당 누워있는 고양이를 볼 때마다 아직도 실감이 나지 않는다. 이런 생각이 드는 이유는 상상하지 않은 것만이 전부가 아니기 때문이다. 고양이에 관해 아무에게도, 심지어 남편에게조차 말하지 않은 추억이 있다.

대학교 시절이었다. 선배가 어떤 부탁을 했는데, 그 부탁이 나로서는 상당히 곤란한 문제였다. 그래서 "이 부탁을 들어주면 보답으로 무엇을 해줄 건데요?"라고 물어봤고, 선배는 "뭐든지 원하는 것을 사줄게"라고 대답했다. 그때 나는 "그럼 아메리칸 쇼트헤어 고양이요"라고 했다. 물론 고양이 종에 대해 잘 몰랐던 나는 마침 어딘가에서 들어본 적 있는 종류를 말했던 것뿐이라, 그 고양이가 어떤 무늬를 하고 있으며 어떤 성격인지 전혀 알 리가 없었다. 오로지 알고 있던 점은 비싼 종이라는 정도였다. "오, 아메리칸 쇼트헤어! 알았어. 사줄게"라고 선배는 자신 있게 말했다.

사실 나는 정말 고양이가 갖고 싶었던 것이 아니다. 옛날부터 줄곧 개를 더 좋아했지만, 그렇게 말한 이유는 선배의 부탁을 들어주기가 어렵겠다는 생각이 들어서였다. 아메리칸 쇼트헤어 고양이를 사달라고 말하는 시점에서 '그건 무리죠? 저도 사실 무리에요'라는 암묵적인 본심을 전달하고 싶었다. 사주겠다고 호탕하게 대답한 그 선배의 마음도 진심은 아니었으리라.

그날 선배와의 쓸데없는 대화는 그렇게 내 기억 속에서 잊혔다. 고양이가 나에게 와서야 생각이 난 이야기이다. '아메리칸 쇼트헤어… 그래 맞아, 그때 내가 사달라고 했던 종이었지.' 단순한 우연의 일치로 보기에는 어려울 만큼 잘 짜인 각본처럼 느껴진다.

불교 한자처럼 보이는 무늬나 '쇼트헤어'라는 이름이 무색하게 전혀 짧지 않은 길이의 털을 보고 놀라, 20년 전 무늬도 털도 아무것도 모르면서 이름을 불렀다는 사실이 그저 감개무량하다. 어쩌면 내가 선배에게 한 말을 하느님이 얼핏 들으시고 20년 후에서야 갑자기 변덕스럽게 "그래그래, 아메리칸 쇼트헤어였지" 하며 고양이를 내게 보내준 것인지도 모른다.

이 이야기를 누구에게도 하지 않았던 이유는 나를 어리석게 볼 것 같아서이다. 너무 과하게 집착한다고 웃음거리가 될지도 모르니까 말이다. 하지만 나는 믿는다. 입 밖으로 꺼내 말을 하면 실제로 이루어진다는 것을! 말을 한다고 모두 실현되는 것은 아니지만, 일부는 정말 그렇게 되기도 한다.

그때 내가 프렌치 불도그를 원한다고 했다면 아마도 지금 우리 집에 고양이가 있지 않았겠지.

　나는 작가가 되고 싶다고 초등학교 1학년 때 작문에 적었었다. 3학년 때도 한 번 더 나츠메 소세키夏目漱石, 1867~1916년와 마츠타니 미요코松谷みよ子, 1926~2015년 같은 작가가 되고 싶다고 적었다. 그 작문이 남아있어 아직도 기억하고 있다.

　"언제 작가가 되고 싶다고 생각하셨어요?"라는 질문에 초등학교 1학년 때부터라고 대답하면 대부분 사람이 대단하다며 놀라는 반응을 보인다. 하지만 사실은 그때부터 줄곧 '작가가 되자'라는 마음을 가졌을 리는 없다. 초등학교 1학년부터 3학년까지는 그렇게 생각했을지 모르지만, 그 이후부터는 완전히 잊고 있었다. 그러다 고등학교에 진학한 후 진로를 결정해야 할 때 '그러고 보니 작가가 되고 싶었었지'라며 다시 떠올렸던 것 같다.

　아메리칸 쇼트헤어 고양이의 이야기에서 조금 벗어나지

만, 근본은 같다. 작문에 썼기 때문에 나는 작가가 되었다. 그리고 써 둔 덕분에 이뤄질 가능성이 커졌다고 믿는다.

근래 몇 년간 1~2박의 짧은 여행을 하게 되었다. 예전에 한 달 정도 길게 여행을 다닐 때는 1주일 정도의 여행은 여행이 아니라고 생각했었다.

그런데 너무 바빠진 탓에 길게 여행할 수 있는 시간적인 여유가 줄어버렸다. 1년 중 어렵게 시간을 내어도 1주일 정도의 여행밖에 할 수 없어져 아쉬운 대로 짧은 여행을 하게 되었다. 젊은 시절이었다면 1박 혹은 2박의 여행은 안 가느니만 못하다며 코웃음을 쳤을 것이다. 하지만 지금은 달라졌다. 하루 이틀의 짧은 여행이라는 색다름을 어른이 되어서야 즐길 수 있게 되었다.

작년의 일이다. 수십 명이 함께 모인 술자리에서 다 같이 한국에 한국요리를 먹으러 가자는 이야기가 나왔다. 그 자리에서 일정을 정하긴 했지만 나는 무리라고 생각했다. 취

기에 한 말이기도 했고 이렇게 많은 인원이 잘 모르는 장소
에 모두 모이기가 쉽지 않으리라 생각했다.

그런데 디데이가 다가오자 누군가가 집합장소인 가게를
결정해줘서 결국 나도 항공권을 샀다. 당일 서울에 도착해
낯선 거리를 지도에 의지하며 걸어가 결국 만나기로 약속
한 가게에 도착했는데, 약속했던 수십 명이 모두 모여 있었
다. 와, 대단해!

감동한 나는 그때 느꼈다. 말을 뱉으면 현실로 이루어진
다고! 그래서 올해도 가자고 내가 먼저 말했다. 결국, 또 이
모든 사람이 서울의 한 레스토랑에 모였다. 그건 충분히 이
루어질 수 있는 일 아니냐고 생각한다면 오산이다. 입 밖으
로 말을 내뱉었기 때문에 실현된 것이다.

나에게는 아메리칸 쇼트헤어 고양이와의 신기한 우연도,
작가라는 직업을 갖게 된 계기도 당일치기 서울 식도락 여
행도 모두 같은 맥락의 일화로 남아있다.

벗꽃을 올려다보며

집 근처에 벚꽃 명소가 있다. 분수가 나오는 공원과 그 분수가 강으로 흐르는 강가의 녹지이다. 공원에서는 연못 근처에 벚꽃이 흐드러지게 피는데, 그곳에서 이어지는 강은 벚꽃의 터널이 된다. 나는 이 공원과 강가의 길을 1년 내내 주말마다 달린다. 3월 중순 무렵, 싸늘하

게 차갑던 공기가 조금씩 포근해질 때쯤 벚나무 가지 끝에
앙증맞은 꽃봉오리가 소담스럽게 달린다. 좀처럼 꽃을 피울
기색이 보이지 않다가 "엇, 피었다!" 하는 순간 순식간에 만
개한다. 그 스피드는 가히 놀랍다.

"벚꽃을 좋아하세요, 싫어하세요?"라고 묻는다면 선뜻 대
답하기 곤란하다. 아름다운 꽃이라고는 느끼지만 어쩐지 무
서운 느낌도 든다. 이렇게 공포심을 느끼게 하는 꽃은 흔하
지 않다. 기묘한 꽃이라는 생각이 든다.

하지만 그 무서운 꽃 아래에서 술을 참는다는 것은 있을
수 없는 일이다. 학창시절부터 매년 한결같은 마음으로 꽃
놀이를 해왔다. 꽃놀이는 나에게 단순히 꽃을 보면서 산책
하는 것이 아니다. 만개한 꽃 아래에서 술을 마시는 것을 의
미한다.

대학생 때는 학교 건물 앞쪽 산에서 돗자리를 펴고 여럿
이서 술을 마셨다. 다른 꽃놀이 관람객과 다투기도 했다. 그

때 기억은 떠올리고 싶지 않다. 여하튼 대학 졸업 후에는 동석하는 사람만 달라졌을 뿐 줄곧 꽃놀이를 이어오고 있다. 대개 누군가가 주최하는 꽃놀이에 참여하는 경우가 많다.

잠시 내가 주최한 적도 있다. 그때도 지금 사는 곳의 근처에 살았기에 꽃놀이 장소는 분수가 있는 그 공원이었다. 오후 3시 즈음 공원에 비닐 돗자리를 펼치고 연회장을 만들어 술을 마시기 시작한다.

학창시절 친구들이나 그들의 친구들, 작가 친구들, 편집자, 아는 사람, 모르는 사람 모두 모인다. 음식은 각자 가지고 오는데, 나는 휴대용 가스버너와 냄비를 준비해 돈지루豚汁* 같은 것을 주로 만든다.

쉬지 않고 마시고 먹는다. 일찍 집으로 돌아가는 사람도 있고 중간에 합류하는 사람도 있다. 누구와 무슨 이야기를

---

* 돼지고기를 넣은 일본식 된장국

나누는지 모른다. 벚꽃이 바람에 펄펄 흩날린다. 하늘이 어스름하게 군청색으로 물든다. 술기운 탓인지 추위도 느끼지 않는다.

그때 문득 하늘을 올려다본다. 갑자기 정지화면으로 꽃무리가 눈에 들어왔다. 가로등 불빛에 비쳐서일까 꽃 자체에서 빛이 발광해서일까 알 수 없지만, 꽃 주변이 온통 환하게 빛난다. 셀 수 없는 빛의 결정체처럼 반짝이는 꽃이 시간을 멈추게 하는 것 같다. 무섭다고 느끼는 것은 바로 이러한 순간이다. 이건 뭐지? 빨려드는 이 느낌은 뭐지?!

내가 주최한 꽃놀이는 몇 년간 짧게 이어지다 끝나고, 그후로 다시 친구가 주최하는 꽃놀이에 참석하게 되었다. 한때 줄곧 간다강神田川에서 열었는데 역시 여기에도 같은 일을 하는 사람들, 편집자, 각자의 친구, 무슨 일을 하는지 모르는 사람 등이 참가했다.

대체로 누가 누구인지 모른 채 이야기를 나누면서 분위기가 고조된다. 그렇게 헤어진 후 따로 만나거나 하지는 않지만, 그 자리에서 처음 만나 지금까지도 친하게 지내며 자주 만나는 사람도 있다.

　간다강 주변도 벚꽃 명소여서 강가를 따라 줄지어 꽃놀이객이 자리를 차지하고 있다. 그 기회를 잡아 피자 배달부가 가게 전단을 뿌린다. 야외에서 피자를 주문해 받는 모습에 적잖이 놀랐었다. 처음 피자를 배달시켰을 때는 세상이 계속 진화하고 있다며 감격하기도 했다.

　그 꽃놀이는 어느 순간 갑자기 없어졌다. 아마도 주최자가 바빠져서 그런 것 같았다. 그래서 최근에는 다른 친구가 주최하는, 바둑기사들만 모이는 곳에 합류하고 있다. 장소는 역시나 분수가 있는 공원으로 올해도 지정한 날에 공원에 갔더니 커다란 돗자리 위에서 이미 거나하게 취해있는 집단을 볼 수 있었다.

　요리도 푸짐하게 차려져 있고 셀 수 없이 많은 술병이 늘어서 있으며 빈 병과 빈 깡통은 구석에 치워져 있다. 그대로 돗자리에 앉아 한 손에는 술잔, 다른 한 손에는 요리를 받아 든다. 20년 전과 변한 것은 아무것도 없다. 공원도, 벚꽃도, 이렇게 술이 담긴 종이컵을 든 사람도. 역시나 모르는 사람들이 주변에 둘러앉아 있지만 어느새 서로 두런두런 이야기를 나눈다.

뉘엿뉘엿 저무는 해를 고개 들어 바라본다. 벚꽃은 여전히 어두운 하늘을 하얗게 물들이듯 만개해있다. 정말 아름답다. 그리고 소름 끼친다. 벚꽃 아래에 모여 이토록 술을 즐기는 나라는 일본밖에 없지 않을까 싶다.

벚꽃의 아름다움을 자랑하는 나라의 도시를 방문한 적은 아직 한 번밖에 없는데, 암스테르담의 교외를 3월에 방문했었다. 암스테르담 도심에서는 평범한 사람들이 레스토랑이 아닌 곳에서 각자 야외에 테이블을 두고 파티를 하는 모습을 곳곳에서 볼 수 있었다.

그런데 친구 부부가 사는 교외로 벗어나자 벚꽃의 명소라는 공원인데도 산책하는 사람밖에 없다. 벚꽃을 바라보며 술을 마시거나 음식을 먹거나 하는 사람이 없다. 그렇게 꽃놀이 객이 없는 벚꽃은 멋이 없어 보인다. 나의 편견일 수 있으나, 그저 가지가 휘어지도록 꽃이 잔뜩 피어있는 벚나무로밖에 보이지 않았다.

물론 흐드러지게 핀 꽃송이도, 바람에 흩날리는 꽃잎도 무척 아름답다. 아름답긴 하지만 신비한 기운이 느껴지지는 않는다. 그래서 소름이 끼치지 않는 것 같다.

그렇다면 야밤에 벚꽃 아래에서 술을 마시며 하늘을, 벚꽃을 올려다볼 때 소름이 돋는 그 느낌은 순수하게 오롯이 벚꽃을 느끼는 감정이 아닐까. 벚꽃이라는 대상에 오랫동안 연결되어 품게 된 인상이나 접해온 이야기, 지금까지 수없이 감상해온 많은 꽃놀이와 꽃놀이 객, 집으로 돌아오는 길에 혼자서 바라본 벚꽃과 그때의 무수한 감정들 등이 전부

하나가 되어 벚꽃과 함께 눈에 비치는 것이지 않을까.

　그렇게 생각하니, 앞으로 뉘엿뉘엿 군청색으로 물드는 하늘을 올려다보고 순간 정지한 것 같은 장면 속의 벚꽃을 바라볼 때 지금껏 느꼈던 '무섭다' '소름이 끼친다'보다 훨씬 복잡한 마음이 들 것 같다.

　30년 전, 20년 전, 작년의 꽃놀이 자리에 함께했던 이름 모를 누군가와 왠지 모르게 계속 만나고 있는 누군가, 그리고 다시는 만나지 않을 사람 모두 그렇게 벚꽃의 그림자 뒤로 보일 듯 말듯 숨바꼭질할 테니까 말이다.

'멋지다,'의 두 가지 의미

여행 이야기를 하면서 누군가가 "그곳은 정말 멋져! 꼭 가봐야 해"라고 말하는 경우는 두 가지 의미가 있다. '무엇이든 있어서 멋지다'라는 것과 '아무것도 없어서 멋지다'라는 것이 그것이다. 하지만 그 누구도 이 두 가지의 의미 중 어떤 '멋지다'를 말하는 것인지 설명하지 않는

다. 그러니 사람들도 '그렇게 멋지다면 한번 가보자'라고 단
순하게 받아들인다. 어쩌면 '사람들'이 아닌 '나는'이 더 맞
을 듯하지만 어쨌든.

　'뉴욕은 멋지다' '대만이 멋지다'라는 의미는 무엇이든 있
어서 멋지다는 뜻이다. 여기서 '무엇이든'이란 번화한 거리
도, 음식점도, 유적지도, 관광명소도, 때로는 자연경관도 될
수 있다. 하지만 '몽골이 멋지다'라고 한다면 그것은 아무것
도 없어서 멋지다는 의미이지 않을까.

　무엇이든 있는 것과 아무것도 없는 것, 어느 쪽이든 마찬
가지로 멋지다고 생각하는 사람도 있지만 그렇지 않은 사람
도 있다. 물론 무엇이든 있는 것에 익숙하지 않은 사람도 있
겠지만, 그래도 참을 만한 정도이지는 않을까. 그와 비교하
면 아무것도 없는 것을 견디지 못하는 사람이 압도적으로
많을 것이다.

나는 '아무것도 없는 장소'라고 알려진 곳을 좋아하는 편이다. 예를 들면, 25년 전에 열흘 정도 체류했던 태국의 타오섬Ko Tao이 그렇다. 이곳은 바다밖에 없다. 섬 안을 이동할 때도 육로가 없어서 보트로 섬 외부를 돌아다닐 수밖에 없다. 전기는 자가발전으로 해결하고 음식점은 각 방갈로에서 운영하는 곳밖에 없어 그곳에서만 식사할 수 있다. 서핑이나 스노클링, 다이빙도 하지 않는 나는 온종일 해변에서 책을 읽고 헤엄치다 잠만 잤다. 몽골 역시 아무것도 없는 곳임을 익히 들어 알고 있었기에, 그렇게 아무것도 없는 장소에서만 느낄 수 있는 감동이 있었다. 심지어 몰디브는 아무것도 하지 않기 위함을 목적으로 여행하기도 했다.

하지만 간혹 아무것도 없으리라고는 미처 알지 못한 곳도 있다. 이런 경우가 참기 어렵다. 나로서는 멕시코의 툴룸Tulum*이 그 대표적인 장소인데, 칸쿤Cancun**보다 아래쪽으로 자리한 해안가 유적 마을이다.

처음에는 칸쿤으로부터 일정을 시작하려고 했지만 칸쿤
에는 머물지 않고 그대로 툴룸으로 향했다. 당시 나에게 영
어를 가르쳐주던 영국인 선생님이 "멕시코는 역시 툴룸! 이
세상에서 가장 아름다운 곳이야. 꼭 가보길 바라"라고 적극
적으로 추천해주었기 때문이다.

툴룸 버스정류장에 내리면 무식하게 넓은 간선도로가 쭉
뻗어있고, 길가에는 드문드문 가게가 몇 개 있는 것 빼고는
아무것도 없이 썰렁하다. 바다도 없다. 여행객 안내소는 있
었기에 해변이나 숙박 시설은 어디냐고 묻자 도로부터 수직
으로 이어지는 길을 따라 똑바로 가면 바다가 나오지만, 멀
어서 택시가 아니면 가는 것이 무리라고 한다.

'설마 그럴 리가' 하는 마음에 걷기 시작했는데, 30분을

---

* 해안가 마야 유적지
** 카리브해의 대규모 휴양지

걸어도 바다가 보일 기미가 없자 어쩔 수 없이 택시를 탔다. 택시는 10분 정도 달려 해변에 도착했다. 해변에는 줄지어 방갈로가 늘어서 있다. 택시에서 내린 후 한 곳씩 빈방이 있는지 묻고 다녔다. 저렴한 곳부터 고급스러운 곳까지 다양한 방갈로가 있었지만 대부분 만실이었기에 딱 하나 남아 있는 고급 방갈로를 간신히 구할 수 있었다.

해변의 그 방갈로에는 선물 가게도, 레스토랑도 없다. 방갈로를 벗어나면 바닷가와 길이 하염없이 이어져 있을 뿐이다. 일단 방에서 짐을 풀고 해변을 걷기로 했다. 적막할 정도로 아무것도 없이 썰렁하다. 민가도, 쓰레기통도, 화장실도, 매점도 없다. 해안가의 길에 자동차만 몇 대 지나다닌다. 가끔 차에서 누군가가 인사를 건네는 정도, 그것뿐이다. 따분하다. 여름이라면 바다에서 수영이라도 했겠지만, 아직 물에 들어가기에는 춥다.

물론 주변에 유적도 있고 해양공원도 있다. 그렇지만 자동차나 오토바이가 없으면 갈 수 없다. 나는 운전을 할 수 없고 자전거조차 잘 타지 못한다.

　방갈로 내에 마련된, 투숙객이 이용하는 레스토랑에서 저녁을 먹고 나면 마땅히 할 것이 없다. 해안가에는 숙박 시설은 있지만, 바와 같은 곳은 없다. 방갈로 레스토랑도 일찍 문을 닫아서 바닷가는 그야말로 칠흑 같은 어둠이 깔린다. 정말로 아무것도 할 일이 없다. 할 수 없이 방에서 책을 읽었다. 밤이 끝도 없이 길게 느껴졌다.

　다음 날 택시를 타고 유적지에 갔다. 유적지 견학도 끝내버리고 나자 역시 할 일이 없다. 그래서 어제 택시로 지나온 길을 걸어보기로 했다. 간선도로 옆으로 몇 개의 가게가 있었지만 원단 가게라든가 이발소, 타이어 가게 등과 같이 현지인이 생활하는 데에 필요한 가게일 뿐, 여행객에게는 필요 없는 곳만 있었다.

저녁이 되어 나는 다시 따분함이 기다리는 방갈로로 향한
다. 아, 영어 선생님이 말한 '멋지다'라는 말은 이런 의미였
을까…? 시시하게도 하루 만에 알아버렸다. 이렇게 아무것
도 없는 곳을 선생님은 멋지다고 생각했구나. 그곳에서 3일
이나 머물렀던 이유는 선생님이 말한 그 '멋지다'를 조금이
라도 더 이해하고 싶어서였지만, 내가 깊이 알기에는 역부
족이었다.

툴룸을 떠나 버스를 타고 메리다Merida*에 도착하자마자
마음이 편안했다. 음식점, 공원, 호텔, 선물 가게, 마트, 쓰레
기통 등 무엇이든지 있었다. 쏟아질 듯 울어대는 새떼의 지
저귐마저 기뻤다.

대강 정리를 해보자면 공중화장실도, 쓰레기통도, 음식
점도 없는, 정말 아무것도 없는 곳을 '멋지다'라고 생각하

---

* 유카탄반도에 위치해 지역의 중심지 역할을 한 지역

는 사람 중에는 유럽인이 많은 편이다. 그래서 이렇게 아무
것도 없고 불편한 장소에는 반드시 유럽 여행객이 있다. 마
을에 하나 있는 게스트하우스에 유럽 여행객만 있어 놀란
적도 있다. 여기에 무엇을 하러 왔는지 궁금해서 물어보면
"응? 무얼 하다니, 여행이죠"라는 대답이 돌아왔다.

　'아무것도 없다'가 내세울 장점이 아닌, 그야말로 아무것
도 없는 장소를 즐기는 사람이 있는 것이다. 나는 제아무리
멋진 명소라도 선물 가게 정도는, 아니 맥주를 마실 수 있는
가게 한 군데 정도는, 그것도 아니라면 적어도 공중화장실
정도는 있었으면 좋겠다.

　얼마 전만 해도 캐나다 청년과 이야기를 하던 도중 멕시
코 여행 이야기가 나왔다. 내가 어디로 들어가서 어디를 다
녔는지 물어서, 칸쿤으로 들어갔고 칸쿤에서도 플라야 델
카르멘Playa del Carmen*에는 들르지 않고 작은 마을을 다녔다
는 이야기를 하면서 그 최악의 기억으로 남은 마을 이름조

092

차 잊어버렸다는 사실을 깨달았다.

"이름이 뭐였더라…?" 하며 혼잣말을 하자 그 캐나다 청년의 입에서 "툴룸?"이라는 단어가 튀어나왔다. "툴룸 갔었구나. 나도 갔었는데! 그렇게 멋진 곳은 없지? 그치?"란다.

그렇다. 그 청년의 '멋지다'는 나의 '멋지다'와 달랐음을 거듭 확인하며 앞으로 어떤 장소가 멋지다는 말을 들으면 "어떤 식으로?"라고 확인해봐야 하지 않을까 새삼 깨닫게 되었다.

● 멕시코 동부 해안가 관광도시

또
하
나
의

세
상

　　　　　　바닷속 세계를 처음으로 본 것은 24살

무렵이었다. 그전까지도 수차례 바다에 가본 적은 있지만,

이즈伊豆●나 구주쿠리九十九里●● 바다에서는 바닷속까지는 보

────────

● 일본 시즈오카현 동부에 있는 해안반도

이지 않는다.

태국의 타오섬에서는 파도가 치는 바닷속에서도 헤엄치는 물고기 떼가 선명하게 보인다. 파도가 넘실대는 부근에서 수 미터 들어가면 복잡하게 얽혀있는 바위나 산호, 가로로 길게 뻗은 해조, 그 속을 헤엄치는 형형색색의 물고기 떼 등 놀랄 만한 세계가 펼쳐진다.

그 광경에 순간 충격을 받았다. 지하제국을 우연히 발견해 그곳에 사는 지하 사람들의 생활을 직접 마주한 느낌이었다. 바닷속의 광경은 우리가 사는 지상과 공통점이 있었다. 빌딩이 있고 시장이나 교회가 있거나 숲이나 국경이 있는 것도 아니지만, '바닷속 세계가 이렇게 지상과 닮았다니' 하는 놀라움이었다.

스노클링 도구는 가지고 있지 않아서 수영용 고글만 착용하고 온종일 깊은 바닷속을 들여다봤다. 질리거나 따분할

•• 일본 지바현 동부해안

일 없는, 이것이야말로 여행이다. 이국에 있는 미지의 마을에 도착해 큰길에 자리한 카페에서 종일 앉아있을 수 있는 느낌의 조용한 흥분이랄까. 여담이지만, 바닷속에 과하게 심취한 나는 이대로 계속 누워있고 싶은 마음이 들었다. 온몸에 힘을 빼고 양팔과 양다리를 쭉 편 상태로 수면에 두둥실 떠 있는 자세로 말이다. 그 자세로 계속 바닷속을 바라보고 싶은 마음이었다.

그렇게 며칠이 지나고 나는 말라리아에 걸려 버렸다. 병원도 없는 섬의 방갈로에서 1주일이나 일어나지 못한 채 침대에 누워있었다. 옆으로 누운 채로 '아, 바다에 눕고 싶다고 생각해서 하느님이 이렇게 들어주셨구나'라고 멍하니 생각에 잠겼다. 그래서 다시 열심히 기도했다. '잘못했습니다, 잘못했습니다. 이제 다시는 계속 누워 있고 싶다는 그런 생각은 하지 않겠습니다. 일어서고 싶어요!'

얼마 지나 컨디션이 회복되어 일어설 수 있게 되어 겨우 여행을 마무리할 수 있었다. 그리고 집으로 돌아와 바로 어류도감을 샀다. 바닷속에서 봤던 물고기를 찾아보며 "이거다, 이거!" 하며 기뻐했다. 물고기의 이름을 알고 싶다기보다 울타리 틈으로 엿봤던 지하에 사는 생물들의 실존을 확인하고 싶었다. 그 후에도 속을 들여다볼 수 있는 투명한 바다가 있으면 수영 고글을 챙겨 질리기가 무섭게 바다로 향했다. 지중해도, 인도양도, 남중국해와 카리브해도 바닷속 세상을 보기 위한 곳으로 떠올렸다.

최근 몇 년간은 여유가 없어 바다 여행도 할 수 없었기에 바닷속에 관한 생각도 전부 잊어버리고 살았다. 바다에 들어간 것도, 바닷속 세상을 구경했던 것도 언제적 일인지 기억조차 나지 않을 정도이다.

어느 날 친구들과 하치조지마八丈島*에 가기로 했다. 친구들은 낚시할 목적이었지만, 나는 낚시에는 관심이 없다. 이

* 도쿄도 이즈 제도에서 가장 큰 화산섬

른 아침 낚싯배를 타고 바다로 나갈 친구들과 떨어져 따로 혼자 돌아다니기로 하고 현지 다이빙클럽의 스노클링 코스를 신청했다. 항상 수영용 고글만 착용했던 나로서는 첫 스노클링이었다.

선생님이 되어준 직원에게 마스크와 스노클링의 사용법을 배운 후 수영복 위에 웨트슈트를 입고 바다로 향했다. 바닷물에 들어가 선생님이 끌어주는 튜브를 붙잡고 물고기가 나타날 만한 곳에서 물고기들을 유인한다. 오리발로 물장구를 쳐보기도 했지만 선생님이 잘 유도하여 편하게 이동하도록 도와주니 그저 해수면을 가만히 바라보고만 있어도 되었다.

전날 비가 와서 해수면이 조금 탁해져 있었지만 그래도 바닷속은 보였다. 아~ 그래, 바로 이거였어! 빌딩과 산맥처럼 보이는 바위, 돌기나 연기처럼 길게 뻗친 해조, 완만한 비탈, 급경사, 계곡, 산맥, 대도시, 상점가, 주택가로 이루어진 그리웠던 지하세계가 보였다. 바다생물들이 그곳을 가로

지르며 헤엄친다. 밋밋하기도 하고 화려하기도 한 물고기뿐
만 아니라 바닷속을 유유히 헤엄치는 바다거북도 있다.

　하치조지마 공항에 커다란 바다거북 조형물이 있는데, 내
가 보고 있는 이 거북도 그 조형물이 아닌가 싶을 정도로 모
습만 바다거북인 체하고 있다. 본 적 없는 가늘고 긴 물고기,
사각형 모양의 물고기, 파란색이 아름다운 물고기도 있다.
작은 물고기 떼가 은색 등에서 빛을 내며 지나간다.

　수영용 고글은 숨을 쉬기 위해 몇 번이나 물 밖으로 얼굴
을 들어야 하지만, 입으로 호흡이 가능한 도구를 사용해 물
속에서도 숨을 쉴 수 있는 스노클링은 계속 바닷속에 얼굴
을 넣고 있어도 된다. 계속, 정말 계속 구경할 수 있다. 너무
멋지다! 지하세계도, 그곳에 사는 생명체도!

　한마디도 하지 않은 채 아름답게 펼쳐진 해저 세계에 푹
빠져있으면서 자신에게 되물었다. '계속 이렇게 있고 싶다
고 생각해서는 안 된다, 절대로 그렇게 빌어서는 안 된다
고!'라고 말이다.

그날 밤, 낚시에 다녀온 친구들과 서로 본 것에 관해 이야기를 나눴다. 낚시 일행 중 누군가는 내가 스노클링에 잘 맞지 않는다고 말했다. 고소공포증 기미가 있어 몸이 움츠러들고, 결국에는 술에 취한 것처럼 울렁거리는 기분을 느끼게 될 것이라고 했다. 그 말을 듣자 고개가 끄덕여졌다.

해저가 우리의 지상과 같다고 가정하면, 해면에 떠 있는 우리는 새들의 시선과 같을지도 모른다. 그렇게 생각하다 보니 말로 표현할 수 없는 감동이 서서히 밀려왔다.

그렇군, 새는 그런 식으로 우리의 세계를 바라보고 있었던 것인가. 아마도 즐거웠을 테지. 높은 곳에서 내려다보면 분명 인간들이 사는 세계도 바닷속처럼 아름답게 보이지 않을까.

이
것
이

바
로

그
⋮
!

　　　　　스페인 북부를 짧게 며칠간 방문했을 때
산티아고 순례길을 돌아봤다. 물론 제대로 순례자의 루트대
로 걸으면 한 달 이상 걸리는데 그 정도의 시간적 여유는 없
었다. 중간중간 조금씩 걷고 나머지는 차로 이동하는, 다소
조급한 여행이었다.

순례길은 여러 개의 루트가 있는데, 내가 돌아본 루트는 가장 일반적인 '프랑스 길'이었다. 프랑스 쪽의 생 장 피드 포르Saint-Jean-Pied-de-Port가 출발지가 된다. 그곳에서 스페인 나바라Navarra주로 들어가 북서부의 카스티야이레온Castilla y Leon주를 횡단해 갈리시아Galicia주에 입성한다. 최종 목적지인 산티아고 데 콤포스텔라 대성당Santiago de Compostela은 갈리시아 지역의 제일 가장자리에 자리한다.

그래도 레온주와 갈리시아주의 경계에 있는 오세브레이로O'Cebreiro 고개는 넘을 수 있었다. 정말로 기분 좋은 산길이다. 지역의 경계가 되는 고개마다 순례자들의 숙소 알베르게Albergue나 레스토랑 및 카페가 줄지어 있는, 그다지 넓지 않은 부근에 있다.

이곳에 도착했을 때 마침 점심 즈음이라 다 함께 식사하게 되었다. 일본인 코디네이터가 점심 메뉴를 번역해 모두의 음식을 주문해주면서 "요청한 메뉴와 별도로 이 지방 명물 요리도 하나 시켜봤어요"라고 알려줬다. 드디어 그 명물

요리가 "이 지방에서 즐겨 먹는 갈리시아Galicia풍의 문어요
리입니다"라는 설명과 함께 등장했다. "어머!"라는 소리가
새어 나올 뻔했다. 갈리시아풍의 문어요리라니!

　내가 소장한 가장 오래된 요리책은 본가에서 나와 혼자
살기 시작한 20살 무렵에 어머니께서 주셨던 두꺼운 책인
데, 원래 그 책은 어머니가 즐겨 봤던 요리책이었다. 지금도
잘 간직하고 있지만, 이미 표지는 너덜너덜해지고 발행일은
지워져 보이지도 않는다. 아마도 1980년대 중반 전후에 출
간된 책이 아닐까 싶다. 여하튼 집을 나와 혼자 산 지 6년이
지난 무렵의 나는 그 요리책을 교본 삼아 요리를 배웠다. 책
속 레시피 중에 있었던 요리가 바로 갈리시아풍의 문어요리
이다. 솔직히 크게 관심을 두지는 않았던 기억이다. '갈리시
아풍의 문어요리가 뭘까?'라는 정도의 감흥이라 직접 만들
어 보지는 않아서인지 당연히 자연스럽게 잊혔다.
　그런데 다른 요리책에서도 갈리시아풍의 문어요리가 계

속해서 눈에 띄었다. 갈리시아풍이라… 나는 그때마다 작은 물음표를 떠올렸지만, 어느 지방의 이름이겠거니 정도로만 생각했었다. 왜냐하면 여러 요리책에서 제법 많이 소개하고 있는 '갈리시아풍의 문어요리'지만 어느 가정에서도, 어느 레스토랑에서도 실제로 본 적이 없었기 때문이다.

지명이 붙은 요리는 많다. 예를 들면 나폴리에는 없다는 나폴리탄 스파게티를 비롯해 베이징덕, 니스풍의 샐러드, 베트남의 스프링롤, 뉴욕의 치즈케이크, 밀라노풍의 커틀릿, 타이풍의 소시지 등은 모두 익히 알려진 요리이다.

나폴리탄 스파게티를 제외하면 대부분 가정에서 쉽게 접할 수 있는 요리는 아니지만, 레스토랑의 메뉴에서는 그 이름을 흔하게 볼 수 있고 먹을 기회도 많다. 니스풍의 샐러드는 어디가 니스풍인지, 색다른 레시피라도 있는 건지 모르겠지만 일단 '삶은 달걀과 감자와 올리브 등이 들어있는 샐러드'로 인식되어 있다. 지명은 아니지만 푸타네스카 파스타Spaghetti alla Puttanesca°라고 들으면 어떤 요리를 말하는지 대강 짐작할 수 있다.

하지만 갈리시아풍의 문어요리는 직접 본 적이 없다. 아주 예전부터(1970년대부터) 알려져 있긴 했지만 아직 먹어본 적이 없다. '갈리시아'가 어디인지, 누구인지, 무엇인지 도통 감을 잡을 수 없었다.

그 갈리시아가 지금 내 눈앞에 있다. 분명 요리책에서 본 사진 그대로이다. 삶은 감자와 함께 곁들여진 문어에 파프리카 파우더로 보이는 붉은색 향신료가 뿌려져 있다. 포크로 집어먹으려 하자 코디네이터가 말렸다. 문어는 금속과 궁합이 좋지 않으니 테이블에 놓인 이쑤시개로 먹는 것이 맛을 상하게 하지 않을 것이라고 한다. 그러고 보니 요리와 함께 인원수에 맞게 이쑤시개가 준비되어 있었다. 그렇게 한 입 먹어보니 따뜻한 문어는 눈이 휘둥그레질 정도로 부

────────

● 매춘부의 스파게티라는 뜻으로 다양한 재료를 섞어서 만든 잡탕 소스가 강렬해 생겨난 이름

드럽고 소금간이 딱 맞아서 정말 맛이 좋았다. 아~ 이것이 30년이 넘는 세월 동안 이름을 알면서도 만나볼 수 없었던 요리였구나! 감개무량 그 자체였다.

어쩌면 언제인지 몰라도 어딘가에서 본 적이 있었을지도 모른다. 스페인 레스토랑에 간 적이 몇 번은 되고, 스페인을 여행한 적도 있으니까 말이다. 갈리시아 지방을 여행한 적은 없지만 마드리드의 어느 바에서 이 문어요리를 큰 접시에 담아 파는 모습을 본 적이 있었을지도 모른다. 아마도 내가 유심히 보지 않아서 눈에 들어오지 않았던 듯하다.

메뉴의 이름에서나 요리 자체로도, 본래 나는 어딘가 문어를 무시하는 경향이 있다. '문어가 갈리시아풍이든 알렌테조Alentejo*풍이든 코네티컷Connecticut**풍이든, 아무렴 어

● 포르투갈의 고원 지명
●● 미국 북동부 뉴잉글랜드의 주

떠한가'라고 무의식적으로 무관심했는지도 모르겠다.

문어에게 정말 미안한 마음이 든다. 나는 갈리시아에 있는 동안 매번 이 요리를 주문할 정도로 푹 빠지게 되었다. 따뜻한 요리로 나올 때도 있고 차가운 요리로 나올 때도 있었다. 당연한 말이지만, 맛있는 갈리시아풍의 문어요리가 있으면 그저 그런 갈리시아풍의 문어요리도 있다는 것 역시 알게 되었다.

문어는 한 번 냉동했다 해동하면 부드러워진다고 한다. 해동한 문어를 1시간가량 조린다. 그리고 삶은 감자와 함께 올리브유와 소금으로 간을 맞추어 섞고 마지막에 파프리카 가루를 뿌린다. 20살 무렵부터 요리책으로 봐온 레시피를 처음으로, 그것도 현지에서 배우게 되다니!

여름
가족여행

　　　　도시에서 그리 멀지 않은 관광지에 관광
이 목적이 아닌, 업무상 며칠간 머물기 위해 갔었다. 시기는
여름휴가가 한창일 때였다. 도쿄역도 휴가를 즐기러 오가는
사람으로 붐볐고 관광지 역시 어김없이 관광객으로 붐볐다.
역 주변도 사람으로 가득했고 상점가도 마찬가지이다. 음식

점은 어느 곳이나 줄이 길게 늘어서 있다. 선물 가게도, 주차장도 북적인다.

여름휴가 중인 직장인들, 젊은 남성 그룹, 젊은 여성 그룹, 수련회에 가는 듯 보이는 대학생들, 부부로 보이는 커플, 어린아이들과 함께인 가족, 제법 큰 아이들과 함께인 가족, 할아버지 할머니를 포함한 대가족 등 그야말로 다양한 형태를 이룬 사람들이 보인다.

머물던 며칠 동안 밖으로 나가면 여름휴가를 즐기러 온 가지각색 그룹과 우연히 만나게 되는데, 그중 부모와 아이로 구성된 그룹들에서 신기한 점을 발견했다. 아이가 유아든 청소년이든 관계없이 가족 중 누군가는 화가 나 있는 경우가 많았다.

상점가에서 떼를 쓰며 꿈쩍도 하지 않는 아이를 아버지가 큰소리로 혼을 낸다. 맥주를 마시면서 걷는 남편을 보고 아이를 안고 있던 아내가 잔소리를 한다. 큰소리로 말다툼을 하는 부모와는 상관없이 아이는 쭈그리고 앉아 게임을 하고 있다. 고등학생 정도 되어 보이는 딸이 누구를 향해서인지는 몰라도 목에 핏대를 세우며 화를 내고 부모님은 쓴웃음을 짓고 있다. 모두 어쩐지 지쳐 보인다.

대개 화를 내는 누군가가 큰소리를 내서, 그때마다 나는 놀라며 그쪽을 쳐다보다 점점 내 어릴 적 향수에 거세게 빠져들기 시작했다. 낯선 곳에서 걷고 싶지 않은데 계속 걷게 하면서 갖고 싶은 것은 사주지 않는, 불쾌한 기분을 주체할 수 없었던 고작 6~7세 무렵의 감정을 생생하게 되새기게 되었다. 그리고 드는 생각은, 여름 가족여행은 부모님에게는 의무였겠구나.

여행을 좋아하거나 여행에 익숙한 사람이 부모라면 문제되지 않는다. 꿈같이 즐거운 가족여행이 될지도 모른다. 하지만 여행에 대해 잘 알지 못하고 오히려 싫어하는, 본성은 집 안에 있기만 좋아하는 성향인데 부모라는 이유 하나로 무조건 밖으로 외출해야 했던 경우도 분명 많았을 것 같다. 여름휴가 때 아무 데도 가지 않은 아이들은 주변에서 딱하다는 소리를 듣게 되니까 말이다.

여름 휴가철이란 그렇게 생각하는 가족이 한꺼번에 밖으로 밀려 나오는 시기이기에 어디를 가도 붐비는 사태가 일어나는 것이다. 도로는 물론 기차를 타고 간다고 한들 어디나 마찬가지로 북적거린다. 밥 한 끼 먹는데도 불볕더위 아래에서 한참 줄을 서야 하니 아이들은 지쳐서 기분이 상하고 부모는 짜증이 나서 화를 낸다.

익숙하지 않으니 길을 헤매거나 버스를 잘못 타는 등 실패도 하는 것이다. 아빠가 요령이 부족하면 엄마가 화를 내고 엄마가 요령이 부족하면 아빠가 화를 낸다. 사정을 모르는 사람들은 '밖에서 저렇게 큰 소리로 싸우다니'라고 생각하면서도 그저 보고만 있다. 이를 모르는 것은 아니지만, 그런데도 결국 화를 내버린다. 그런 상황을 겪으면서도 가지 않으면 안 되는 것이다. 휴가철의 가족여행이란 그런 것이다.

어릴 적 내 감정을 어제 일처럼 생생하게 기억하는 동시에 부모님의 마음도 뼈저리게 이해가 갔다. 분명 싫었을 터이다. 익숙하지 않은 여행도, 혼잡한 관광지도, 나 같이 제멋대로인 자식을 달래며 데리고 다니는 것도. 하루 이틀의 아주 짧은 여행이었어도 견디기 어렵지 않았을까. 걸핏하면 화를 내고, 화를 낸 자신을 혐오스럽게 느끼지는 않았을까.

여행을 마치고 집으로 돌아오면 어머니는 매번 "역시 집이 최고야"라고 말했다. 그때는 그 말을 흘려들었다. 어림짐작으로 '여행도 좋지만 그래도 집이 편해'라는 의미 정도로만 이해했다. 그런데 이제는 다르다는 것을 안다. 어머니의 그 말은 '여행은 싫어. 진심으로 집이 좋아'라는 의미였다. 나아가 '가능하다면 집에서 절대 나가기 싫어'라는 의미로도 해석할 수 있다. 여행을 누구보다 좋아하는 나조차도 가족을 이끌고 불볕더위 아래를 걷거나 줄을 서거나 하는 것보다는 집에서 쉬고 싶다.

나는 진정으로 옛날의 부모님이 안쓰럽게 느껴졌다. 아이

가 성장해 부모보다 친구와 어디론가 나가는 것을 더 좋아
하는, 이제는 가족여행을 하지 않아도 괜찮은 나이가 되었
을 때 부모님은 정말로 한 치의 망설임도 없이 다행이라고
가슴을 쓸어내렸을 것이다.

　기분이 상해 울상을 하고 다니는 가족과 반대로 젊은 커
플이나 그룹은 역시 즐거워 보인다. 피곤해 보여도 어쩐지
들떠있는 모습이다. 중년 그룹도 역시 즐거워 보인다.

　그와 그녀들이 즐거워 보이는 이유는, 아마도 어릴 적 부
모님이 가족여행에 데리고 가주었기 때문이 아닐까 생각한
다. 누군가가 어디론가 데리고 가준 기억이 제대로 기억 속
에 남아 '여름에 자주 그랬었지. 즐거웠어!'라고 뇌리에 박
혀있는 것이다.

　어떻게 하면 여행을 망치게 되고, 어떻게 하면 여행을 성
공적으로 즐겁게 즐길 수 있는지를 우리는 무의식중에 가족
여행을 통해 배우고 있는 것은 아닐까.

나는 여행을 좋아하지만 익숙하지는 않은 편이다. 다른
사람들보다 훨씬 많은 곳을 여기저기 여행하고 있지만, 익
숙하지 않다는 것은 분명 태생적으로 여행과 맞지 않아 그
렇다고 생각한다. 그래서 함께 여행할 동행자가 있을 때는
그 사람에게 전부 맡긴다. 열차의 환승도 모른다. 그대로 약
속장소에 도착하면 이쪽저쪽 가리키는 대로 따라간다. 선택
하는 것은 오로지 내가 먹을 도시락 정도이다.

시키는 대로 움직이면서 새삼 '앗, 나 어린애 같아'라고
생각한다. 그리고 어릴 적 기분이 상했던 감정의 깊숙한 곳
에 안도의 마음이 있었음을 알게 되었다. 그렇게 여행에 익
숙하지 못한 사람들의 뒤를 따라다니면서도 불안하지 않았
고 괜찮았다는 마음. 아무리 기분이 상해도 이해해주리라는
믿음이 있었다. 그렇다, 기분이 상했던 그 아이는 마음을 놓
았던 것이다. 그렇게 예전부터 느꼈던 부모님에 대한 측은
함은 어딘가 서글픈 감사로 변하게 되었다.

이
틀
간
의 여
행

보르도Bordeaux*에 갔다. 고작 이틀간이었
다. 보르도라는 지명에서 내가 떠올린 것은 오로지 와인뿐
이다. 그런 지명의 장소가 있고 그곳에는 수많은 포도농장

---

* 프랑스 남서쪽의 와인으로 유명한 지방

이 있으며 일본 전통주로 치면 술 빚는 장인이 관리하는 저
택도 많이 있겠지 정도로만 어렴풋이 생각했다.

와인을 좋아하는 친구는 보르도의 샤토Chateau*를 둘러보
는 여행을 해보고 싶다고 예전부터 이야기했지만, 운전면허
가 없는 나는 아무리 와인을 좋아해도 평생 방문할 기회는
얻지 못하겠거니 하며 단념했었다. 그마저도 어렴풋이 그
보르도라는 곳을 생각만 하고 있었다. 이랬던 내가 왜 보르
도에 가게 되었냐면, 이 지방에서 개최되는 메독 마라톤Le
Marathon du Medoc**에 참가하기 위해서이다.

포도원 곳곳을 달리는 풀코스 마라톤으로, 물을 주는 구
간마다 각 포도원이 마련한 와인을 참가자들에게 나눠준다
고 한다. 마침 우연한 기회에 한 잡지의 연재 기획팀에서 그
대회에 출전해보겠냐는 섭외를 받게 되어, 평생 가보지 못

----

* 포도농장의 성, 포도원
** 보르도 지역 50여개 이름난 포도원을 지나는 마라톤으로 코스 중간중간에 설치
된 급수대에서 물 대신 와인을 마실 수 있음

할 것 같았던 그곳으로 향하게 된 것이다.

우선 신시가지 도심 호텔에 잠시 머물면서 짐을 푼 다음, 그대로 노면전차에 올라타 구시가지로 향했다. 노면전차에서 내려 바둑판무늬의 길을 잠깐 걸었던 몇 분 만에 이곳이 어딘가 모르게 좋은 곳이라고 느껴졌다.

교회 앞 광장에서 벼룩시장이 열리고 있었다. 잠깐 둘러봤는데, 골동품을 팔기보다 동네 사람들이 각자 집에서 쓰지 않는 물건을 모아 가져다 파는 것처럼 보였다. 그것조차 어쩐지 흥미로웠다. 낯선 사람의 집 안 향기가 풍기는 듯한 고가구와 구제 옷을 구경하며 산책했다. 벼룩시장을 지나 계속 걷다 보니 참 좋은 곳이라는 실감이 온몸으로 느껴진다. 이곳에 도착한 지 아직 1시간도 지나지 않았건만, 이렇게 생각하는 자신에게 놀랄 정도였다.

지금까지는 낯선 곳에 가면 이곳이 좋은지 나쁜지, 나와 맞는지 맞지 않는지를 판단하는 데 적어도 3일은 필요했다. 낯선 곳에 도착하면 우선 긴장하게 된다. 길을 헤매지 않으려고 신중을 기해 확인하면서 다닌다. 말을 걸어오는 수상한 사람은 없는지 일단 의심하고 본다. 버스나 지하철 타는 방법을 몰라 불안해한다. 레스토랑에 들어갈 때도 메뉴를 잘 볼 수 있는지 없는지, 주문방법을 틀리지는 않을지, 혼자서 먹을 만한 양일지 몰라 겁을 먹기도 한다.

3일째가 되어서야 마침내 이런저런 것들에 익숙해진다. 마을 지리를 어느 정도는 외우고, 무언가 불손한 생각으로 다가오는 사람과 그렇지 않은 사람이 구별되며, 대중교통도 탈 수 있게 된다. 그리고 맥주나 적포도주와 같은 단어는 자연스럽게 암기해 말할 수 있게 된다. 드디어 두려워하지 않고 마을을 걸을 수 있게 되면 그때서야 비로소 마을과 자신과의 궁합을 판가름하게 된다.

하지만 보르도에서는 다르다. 이미 긴장감은 어디론가 사라지고 걷고 있는 것만으로 즐겁다. 불안이나 위험, 부정적인 생각, 어딘가 의심스러운 일도 전혀 일어나지 않는다. 어째서 그렇게 느껴지는 것일까. 아무리 생각해봐도 분명한 근거가 있어서 그런 것이 아닌, 단지 감각적인 것이라서 나도 이유는 모르겠다.

벼룩시장을 등지고 곧장 걸어가면 시장이 있었다. 다시 두근거리기 시작한다. 고기 가게, 생선 가게, 치즈 가게, 건어물 가게 등을 찬찬히 구경한다. 고기 가게에서 돼지 피를 섞어 만든 순대 부댕 누아Boudin Noir를 그램 단위로 파는 것이 신기하면서도 재미있다. 더 놀라운 건 잎채소만 파는 가게도 있다. 파슬리, 셀러리, 고수 등 신선한 허브가 종류별로 산처럼 쌓여있는데 그 가게만 초록으로 물들어있다. 이탈리아 음식 재료를 파는 가게도 있는데, 생햄이나 치즈와 함께 라비올리도 판다. 이 또한 종류가 어마어마하다. 치즈와 햄, 파슬리와 햄, 치즈 단품, 시금치 단품, 바질과 고기 그리고 읽을 수 없는 재료 등도 보인다.

시장 안에는 바와 카페도 있어서 오전 중인데도 일찍부터 맥주를 마시거나 와인을 마시는 사람도 적잖이 보인다. 유리 진열장을 들여다보니 껍데기째 있는 굴이 먹음직스럽게 진열되어 있다.

나는 항상 여행지에 도착하면 시장을 먼저 찾게 되는 것 같다. 그 나라의 물가를 알아보고 싶어서이기도 하고, 그 마을의 개성을 알고 싶어서이기도 하다. 활발한 기운이 드는 마을에서는 시장도 밝은 기운이 느껴지고, 고요한 마을에서는 시장도 활기차기보다 차분하다.

그리고 시장에 가면 그곳에서 살아보는 상상을 할 수 있다. 예를 들면, 앞서 소개한 잎채소와 라비올리는 여행객인 나로서는 좋다는 생각만 할 뿐 살 수는 없다. 하지만 만약 이곳에서 살아본다면 사서 집으로 돌아가 요리를 해 먹는, 한순간의 꿈과 같은 상상을 해보는 것이다. 그 순간만큼은 무엇과도 바꿀 수 없는 행복이다.

물론 실제로 살아보면 행복을 느끼는 일만 일어나지는 않을 터이고, 시장에서 무언가를 사서 조리하는 것에 마음을 빼앗기는 일도 줄어들 것이다. 오히려 번잡스럽게 여길 지도 모른다. 하지만 여행하는 중간중간 순간의 상상을 하는 동안에는 그 상상 속의 생활은 행복이 넘친다. 때로는 그 상상이 행복하지 않은 시장일 수도 있다. 전 세계에 살고 싶은 곳만 있는 것은 아니니까.

시장을 나와 구시가지를 산책했다. 정말로 좋은 곳이다. 이 인상은 결코 흔들리지 않는다. 구시가지는 인파로 북적여서 카페 테라스 자리도 전부 사람으로 가득했지만, 이상하리만큼 조용한 것을 느꼈다.

소리가 전혀 나지 않는, 물리적으로 만든 고요함이 아니다. 눈이 오는 날 소리가 사라진 것과 같은 착각을 불러일으키듯이 고요하다. 어느 가게나 크게 음악을 틀지 않는 이유에서일까. 휴대전화로 나누는 친구와의 대화조차도 큰소리를 내는 사람이 없어서일까. 마을 둘레를 흐르는 큰 강 때문에 그런 것일까. 이것도 마찬가지로 조용하다는 것은 나의 감각적인 인상일 뿐, 그 근거는 모른다. 하지만 이 고요함이 '무척 좋은 곳이다'와 관계하는 것은 분명했다.

중심지에서 차로 30분 정도 달리면 나의 일차원적인 이미지대로 펼쳐지는 포도밭이 나온다. 이미지와 다른 점은 그 아름다움이랄까. 포도 넝쿨이 잘 뻗도록 만든 시렁은 질서정연하게 정렬되어 있고 끝도 없이 차례차례 겹쳐 이어진 끝 저 너머에 성이 보인다. 정말 샤토를 성이라고 하는구나! 이런 바보스러운 감상에 젖을 만큼, 마치 그림책에서 세밀하게 묘사된 광경처럼 '성'다운 모습을 하고 있다. 그리고 이 포도밭도 고요했다. 몇 번이고 마셔본 이곳의 와인이 이렇게 조용한 장소에서 만들어져 내가 있는 곳까지 운반됐구나 싶어 감회가 새롭다.

다음 날 마라톤 대회에 출전하고 구시가지에서 저녁밥을

먹은 후 그 다음 날 아침 곧장 마을을 나섰다. 외국에서 이
토록 짧게 체류하는 건 처음 있는 일이다. 10년 전이였다면
어딘가에 가서 2박만 하고 돌아오는 것을 스스로 용납할 수
없었다. 일이라면 거절했다. 하지만 지금은 2박 3일의 단기
여행이라도 그곳에 다녀왔다는 것만으로도 좋았다고 만족
해 한다. 보르도에서도 이 마을의 고요함을 알게 되어 정말
좋았다.

　도착하자마자 이곳의 분위기를 알아챈 것은, 아마도 예전
만큼 여행에 많은 시간을 할애할 수 없음을 무의식적으로
알아채 빨리 적응해야 한다고 재촉하는 것인지도 모른다.
익숙해지기 위해 3일조차도 할애할 수 없기 때문에, 여하튼
빨리 마을에 익숙해져 이곳만의 매력을 찾아내려고 본능적
인 촉이 풀가동하는 것일지도 모른다.

여름방학과 이상향

        내게는 '영원불변의 이상향'으로 여기는 장소가 존재한다. 이미 수없이 언급했듯이, 태국의 타오섬이 그곳이다. 1991년에 처음 방문해 열흘 정도 지냈었는데, 그중 반 이상은 말라리아에 걸려 묵었던 방갈로 침대에 꼼짝없이 누워만 지냈었다. 그렇게 씁쓸한 경험을 했다 치더

126

라도, 역시 멋진 곳이었다는 생각을 지울 수 없다.

선착장에는 몇 군데의 상점밖에 없고 섬 주변을 빙 두른 해변에 가려면 작은 보트로 이동해야 한다. 나는 선착장에서 가까운 방갈로에 묵었는데도 선착장에서 숙소까지 아무 것도 없는 길을 20분 정도 걸어가야 한다. 사람을 잘 따르는 개가 많이 있고 바다는 보기 드물 정도로 투명하다.

밤이 되면 하늘 전체가 별로 가득 채워진다. 초승달이 뜬 밤, 손전등을 들고 새카만 밤길을 비추며 걷다 나뭇가지마다 반딧불이가 매달린 커다란 나무를 본 적이 있다. 살아서 빛나는 크리스마스트리처럼 보였다. 지금도 꿈이지 않았을까 싶을 정도로 비현실적인 아름다운 광경이었다.

전문 병원은 없고 선착장에서 조금 들어간 곳에 진료소가 있는데, 주마다 정기적으로 몇 번씩 근처 큰 섬에서 의사가 출장을 와서 진료를 했다. 나는 그 진료소의 침대에 눕혀져 수액을 맞았다. 벽에는 도마뱀이 기어 다니고 동네 개가 들어와 손을 흝는다. 창문 틈으로 보이는 야자나무조차도 아름다웠다. 그 섬은 내 안에서는 전부 그대로이다. 선착장 매점도, 좁은 길도, 바닷속까지도 생생히 남아있다.

최근에 타오섬을 방문했다는 사람을 연달아 만났다. 다이빙 목적 이외에 타오섬을 방문하는 사람은 보기 드물어서, 반가운 마음에 처음 만난 사람이었지만 흥분하며 말을 걸었다. 그런데 상대의 이야기를 듣다 보니 물어보지 않았으면 더 좋았을 거라는 후회가 밀려왔다. 지금은 편의점과 레스토랑도 많이 늘어났고 일본식 레스토랑까지 생겼다고 한다. 게다가 이제는 바다가 그다지 깨끗하지 않다고 했다.

전력공급이 안 되어 자가발전으로 하고 방갈로에서는 밤 10시가 되면 그마저 꺼버리니까 그 이후 시간에는 촛불을 켜고 지냈다는 이야기를 꺼내자 "그건 언제 적 얘기인가요?"라며 그 사람은 웃었다.

거슬러 계산해보니 24년 전이구나 싶어 스스로도 흠칫 놀랐다. 그렇게나 세월이 흘렀다면 당연히 전기도 잘 들어오고 편의점도, 일본식 레스토랑도 생길 수 있겠지. 그렇게 생각은 들었지만 선뜻 납득은 가지 않았다.

이제 반딧불이가 빛나던 그 나무는 없겠구나. 사람을 잘 따르던 개도 줄었겠구나. 그렇게 머릿속으로 생각하면서도 '믿기지 않아'라며 마음속으로는 인정하지 않았다. 더군다나 그다음에 만난 사람은 타오섬에서 살인 사건이 일어났었다고 알려주었다. 그리고 그 사람도 바다가 그렇게 깨끗하지는 않다고 말했다.

그토록 아름다운 바다이자 사람을 잘 따르는 개만 수두룩하고 전기가 들어오지 않던, 아무것도 없는 섬이길 바랐던 이유는 여행자의 오만이랄까. 평소에 생기지 않도록 각별히 조심하는 감정이면서도 역시 "그렇군…"이라고 혼잣말을 하게 된다.

　올해 여름, 몇 년 만의 여행인지는 모르겠지만 정말 오랜만에 여름휴가를 냈다. 거의 20년 가까이 황금연휴나 여름휴가가 내게는 사치였다. 그렇게 오랜만의 여름 휴가지로 결정한 곳은 타오섬 옆의 팡안섬Ko Pha Ngan이다. 24년 전 타오섬에 갔을 때 페리로 팡안섬을 지나긴 했지만 내리지는 못했기에 이번이 첫 방문이다.

　타오섬과 팡안섬의 거리는 페리로 1시간 정도이다. 그렇다면 오랜만에 타오섬에도 가면 좋겠다고 생각하지 않은 것은 아니었지만, 역시 아니다. 팡안섬으로만 확정했다. 혹시 정말 가보고 싶어지면 원데이 투어를 하든가 1박으로 가면 되지 않을까 나름의 합리화를 하며 여행을 떠났다.

　팡안섬에도 역시 편의점은 당연히 있고 레스토랑도 빽빽이 들어서 있으며 인터넷 카페까지 있었다. 편의시설이 많긴 했지만 마을 분위기는 어딘가 평온하고 여유가 흘렀다. 시간의 흐름이 전혀 다르게 느껴진다.

선착장에서 7~8분 정도 걸어가는 곳에 숙소를 정했다. 레스토랑과 이어지는 길을 돌아 언덕길을 오르다 보면, 포장된 길에서 조금 걷다 비포장 비탈길로 들어간 곳에 숙소가 있다. 울퉁불퉁하고 좁은 비탈길이지만 오토바이도, 트럭도 잘 다닌다.

바다에 가거나 식사하러 가도 울퉁불퉁 비포장 길을 걸어간다. 길가에는 오토바이 대여점과 식당이 몇 군데 있고 과일주스 가게가 한 곳 있다. 그 길가의 가게 사람들은 길을 오가는 사람들과 마주칠 때마다 웃는 얼굴로 정겹게 인사를 건넨다.

포장된 길로 나오면 이탈리아 식당이 있는데, 그곳에서 기르는 개가 꼬리를 살랑거리며 반긴다. 포장된 길을 따라 쭉 내려가면 바다가 펼쳐진다. 여름휴가답다고 느낀다. 비포장 길에서 만난 낯선 사람들과 인사를 주고받으며 걷다 보면, 여름휴가와 이토록 잘 어울리는 섬은 더는 없지 않을까 싶은 감동이 밀려온다. 매일매일 이 감동은 더 깊어지고

시간은 유유히 흘러 마음이 평안해진다. 울퉁불퉁한 길에
서서 지긋이 바다를 바라본다. 이 모든 것이 완벽한 여름휴
가다.

그런데 이 비포장 길도 내년에는 포장되어 버릴지 모른다
고, 울퉁불퉁한 길을 힘겹게 올라가는 오토바이를 보며 생
각한다. 그러면서 동시에 알아차린다. 포장된다 한들 아무
것도 달라지지 않을 것이라고 말이다. 이 완만한 공기, 사람
들의 느긋함, 섬 전체를 뒤덮는 '여름휴가다움'과 같은 분위
기는 비포장 길이 포장되는 정도로는 사라지지 않으리라.

이 섬에 편의점이 생기고 인터넷 카페가 생겼을 때도 이
섬만의 소박함을 잃어버리지는 않을까 우려하는 여행객이
적잖이 있었을 듯하다. 바로 나처럼 말이다. 그렇지만 분명
히 이 섬만이 지닌 본래의 성질은 다르다는 것을 팡안섬에
서 짐작할 수 있었다. 편의점도, 이탈리아 요리점도, 인터넷
카페도 전혀 없을 때부터 이 섬은 정말로 무척이나 조용했

고 그것들이 생겨난 지금도 충분히 무척이나 조용하다는 것
을 말이다.

　이는 곧 타오섬도 분명 본질은 변하지 않았을 것이라는
결론으로 이어지지 않을까. 아무리 상점이 늘어나고 밤이
되어도 좀처럼 불이 꺼지지 않으며 바다가 예전만큼 깨끗하
지 않더라도, 그 섬을 걷다 보면 나는 역시 그곳을 이상향이
라고 느끼지 않을까. 그 이상향의 이상향다운 이유는 잃지
않았으리라 생각할 것 같다.

　그렇게 확신은 했지만, 그런데도 페리로 1시간 걸리는 그
곳을 도무지 갈 수 없었다. 언젠가 큰마음 먹고 변화와 불변
을 내 눈으로 직접 확인할 수 있을지, 그렇지 않으면 앞으로
도 계속 1991년의 타오섬을 추억하기만 할 것인지, 내가 어
떤 선택을 할지 나도 궁금하다.

여
행
자
의

외
로
움

       캐나다 토론토에서 열리는 국제작가 축

제에 초청받았다. 나는 캐나다에 대해서는 아무것도 모른

다. 7년 전 멕시코를 오가는 길에 경유로 1박씩 머무른 적은

있었지만, 그곳이 밴쿠버였는지 토론토였는지도 모를 정도

이다.

공항에서 토론토 시내로 들어서자 중심가에 고층빌딩이 너무 많아 깜짝 놀랐다. '콘도'라고 불리는 타워맨션이었는데, 최근 급격히 늘었다고 한다. 밤하늘을 향해 쭉쭉 손을 뻗은 듯한 모양새의 고층빌딩이 어딘가 기묘해 보였다. 국제작가 축제의 행사는 보통 오후나 밤에 열렸기 때문에, 오전 중에는 어떠한 정보도 없는 토론토를 알아가기 위해 길거리를 걸어 다녔다. 그런데 걸으면 걸을수록 점점 더 미궁 속으로 빠져드는 기분이었다.

걸어 다닐 수 있는 범위 안에 타워맨션이 늘어선 미래도시 같은 모습과 각종 은행이 모여있는 금융가가 있다. 금융가를 벗어나면 신주쿠 같은 번화가가 나오고 그 너머에는 명품 숍이 줄지어 서 있다. 그런데 차이나타운에 가면 분위기가 다시 확 바뀐다. 채소 가게에는 지금껏 본 적 없는 채소가 놓여있고 한자로 된 간판이 늘어서 있으며 여기저기서 중국어가 들려오기 시작한다.

그다음 골목은 켄싱턴 마켓Kensington Market*이라고 불리는 지역으로, 히피Hippie 문화가 느껴지는 곳이다. 다음으로 리틀 이탈리아가 있고 포르투갈인 거리와 코리아타운이 이어진다. 지도에 캐비지타운Cabbagetown이라고 쓰인 곳이 있어 도대체 어떤 곳인지 궁금해 가봤더니 오래되고 귀여운 저택이 늘어서 있다. 외국에 와 있는 것이어서 당연한 말이지만, 여긴 그야말로 외국에 온 기분이 든다. 나중에 들은 이야기인데, 이 주변은 예전에 아일랜드인들이 이민을 와서 살았던 마을이라고 한다.

장소마다 놀라울 정도로 거리의 모습이 변한다. 그래서 종잡을 수가 없다. 다만 공통점은 바둑판 모양 길의 가로로 뻗은 대로를 지날 때 보이는, 주택 사이사이로 노랗게 물든 잎사귀들이 도로로 쏟아져 나와 있는 모습이었다.

사실 전혀 이상할 것 없는 광경이다. 좌우에 2층으로 된

● 토론토에 있는 다문화 지역

오래된 주택이 늘어서 있고 커다랗게 가지를 뻗은 가로수가 물들어있다. 도로와 도로에 주차된 자동차 지붕에 노란 단풍잎이 떨어져 있다. 그 광경이 놀라울 정도로 아름답다. 어디를 둘러봐도 이런 광경이 펼쳐져 있다.

내가 머물던 호텔은 거대한 호수 근처에 있었다. 주변은 콘도 밀집 지역이었지만 호숫가 옆에는 공원이 이어져 있었다. 단풍나무가 즐비한 이 공원이 그림같이 아름다워 틈만 나면 넋을 잃고 쳐다보았다. 공원을 걷고 있으면 번화가의 번잡함이나 우뚝 솟은 콘도가 다른 세상처럼 느껴졌다.

걸어 다닐 수 있는 범위 안에서도 이토록 다른 표정을 가진 이 도시가 한없이 걸어도 좀처럼 익숙해지지 않았다. 아마도 종잡을 수 없는 점 때문일 것이다. 좀처럼 파악할 수가 없어서 그럴 것이다. 그런 점이 나를 초조하게 만들었기에 무작정 길에서 달려보기도 했다. 내가 사는 동네에서 주말마다 하던 달리기를 여행지에서도 해보면 낯선 동네가 갑자기 친근하게 느껴지기도 해서 해보았다. 하지만 소용없었다.
달려봐야 길만 외워질 뿐, 동네는 여전히 멀게만 느껴진다.

 아마도 음식 탓도 있는 것 같다. 나는 여행을 가면 가능
한 한 그 지역의 음식만 먹으려 한다. 하지만 캐나다 요리와
토론토 요리가 무언지 모르겠다. 평범한 레스토랑에 들어가
면 피자나 햄버거, 스테이크 등 뻔한 양식 메뉴뿐이다. 스테
이크 타르타르에 나초, 칼라마리가 곁들여져 나오는 무국적
요리를 선보이는 가게도 많다. 하지만 나는 그렇게 뭐든지
뒤섞여있는 가게에는 쥐약이다. 결국 토론토에서만 먹을 수
있는 음식 찾기를 포기해야만 했다. 시장에 있는 그리스인
이 운영하는 음식점에서 아침을 먹고 달리기를 한 뒤 배가
고파지면 차이나타운에서 점심으로 면 요리를 먹었다.
 걷다가 우연히 발견한 인도요리점에서 카레를 먹고 시
장 안에서 대기 줄이 늘어선 햄버거 가게에서 베이컨 버거
를 먹었다. 대학교에서 함께 일했던 선생님이 데려가 준 가

게는 영국 요리 전문점인 듯했다. 예전에 영국의 식민지였기 때문에 영국 요리는 맛있다고들 하는데, 그곳에서 먹었던 셰퍼드 파이shepherd's pie는 역시나 내 입맛에도 맞았다.

'도쿄만큼 세계 각국의 음식점이 모여있는 도시는 없다'라는 것이 나의 지론이다. 내가 사는 도심에서 조금 떨어져 중심지라고 말하기 어려운 동네에도 이탈리아, 프랑스, 중국, 한국, 태국, 벨기에, 모로코, 대만, 베트남, 멕시코, 인도, 스리랑카 등 각국 요리점이 있다. 이런 도시를 본 적이 없다. 하지만 토론토를 걸으며 '도쿄 이외에도 그런 곳이 있다니…'라는 기분이 들었다. 물론 토론토는 도쿄와는 다르게 중국요리점은 차이나타운에, 이탈리아요리점은 리틀 이탈리아에 있기는 하지만 말이다. 토론토에 사는 사람에게 물으니 자신들도 약속을 정할 때 오늘은 무엇을 먹을지가 아니라 오늘은 어느 나라 음식을 먹을지 정한다고 한다.

거리와 음식의 다양성 탓에 제대로 파악할 수 없는 나머지 그 혼란스러움에 도시가 멀게 느껴졌을 테지만, 가장 큰 이유는 생활이 느껴지는 도시이기 때문일지도 모른다. 이렇게 다양한 국적의 사람이 살고 다양한 인종이 거리를 걸어 다니지만, 그중 대부분이 여행자가 아니라 이곳에서 생활하는 사람인 것이다.

잠시 머물다 가는 여행자인 나조차도 이 도시가 얼마나 살기 편한 곳인지 알 것 같았다. 그저 평범한 주택가가 나에게 더없이 아름다워 보였던 것은 바로 그 평범함이 이 도시의 매력이기 때문이다.

그렇게 나는 알게 되었다. 도시의 일상이 여행자에게 있어 외로움을 느끼게 한다는 것을. 자신이 그곳에 속해있지 않다는 사실을, 며칠 동안이지만 내 생활로부터 떨어져 있다는 사실을 새삼 느꼈다. 사람이 사는 도시 하나하나가 그걸 실감하게 했다.

140

귀찮음은 불행일까

올해도 홍콩에 갔다. 도착한 날 밤 홍콩에 사는 친구와 함께 레스토랑에 갔다. 메뉴를 정해 주문하자 맥주가 나왔다. 건배하려는데 맥주를 가져다준 종업원이 진지한 얼굴로 잔이 없으니 허공에 대고 건배하는 시늉만 하면서 건배에 동참한다.

요리가 나와 우리가 손뼉을 치며 기뻐하면 함께 따라서 손뼉을 친다. 그것도 시종일관 진지한 표정으로 말이다. 그 모습이 재미있어 웃으니 그제야 그녀도 빙긋 웃는다.

친구와 서로의 사진을 찍고 있으면 "같이 찍어드릴까요?" 라고 손짓으로 가리키며 사진을 찍어준다. "맛있었어요, 감사합니다" 하며 일어서는 우리에게 웃는 얼굴로 손을 흔든다. 그 종업원의 웃는 얼굴에서 살아있는 것만으로 즐거워하고 있음을 느낄 수 있었다. 표현이 조금 과장되었다면, 스트레스가 없어 보이는 사람이라고 바꿔 말해도 좋겠다.

자연스럽게 그런 생각이 드는 자신에게 조금 놀랐다. 그렇다. 스트레스가 없는 사람은 늘 웃는 얼굴이라는 사실을 새삼 깨달았다. 그 레스토랑은 인기 있는 유명한 가게여서 넓은 곳이지만 항상 만석이고 문밖으로도 줄이 늘어선다. 대개 5명부터 8명 정도의 단체 손님이 많은데, 여기저기서 추가 주문을 하는 사람들의 손이 계속 보인다.

게다가 한 테이블의 손님들이 식사를 마치고 나갈 때마

142

다 테이블보를 새것으로 바꾸는 것은 기본이고 아예 테이블 상부도 교체한다. 그때마다 종업원들은 대규모 작업을 하게 된다. 짜증이 날 정도로 바쁠 텐데 그것이 스트레스로 느껴지지 않는 것일까. 개인적인 생각일지 모르지만, 홍콩에는 그런 사람이 많은 편 같다. 그래서일까? 홍콩에서는 나도 덩달아 기분 나쁜 감정에 사로잡히는 일이 적다.

홍콩에는 옥토퍼스 카드Octopus Card* 라고 하는, 일본의 스이카Suica와 같은 IC 카드가 있다. 이 카드를 충전하려고 충전 기계에 지폐를 넣으니 화면에 오류라고 뜨면서 지폐가 다시 나오질 않는다. 담당자 호출 버튼을 누르고 5분 정도 기다리자 나이가 지긋해 보이는 역무원이 다가왔다. 10달러 지폐를 넣었는데 나오질 않는다고 말했더니 "10달러는 넣으면 안 돼요. 5달러 지폐가 아니면 안 된다고 여기 적혀있는

* IC칩이 탑재된 교통카드

데"라고 말했다. 그가 손가락으로 가리키는 쪽을 보자 분명히 그렇게 적혀있다. "정말 그러네, 죄송합니다. 죄송해요"라고 사과하자 "신경 쓰지 말아요. 사과할 일도 아니고" 하곤 기계 뒤쪽을 열어 덜컹덜컹 작업을 시작한다. 내가 넣은 10달러를 꺼내려고 하는데 잘 안 빠지는 모양이다.

결국 기계를 닫고 "10달러죠? 거짓말 아니고? 믿어볼게요"라는 말과 함께 창구에서 10달러 지폐를 가져와 건네주었다. "정말 죄송합니다"라고 재차 사과하자 "사과하지 않아도 된다니까! 다음부터는 주의해요"라면서 웃어 보였다. 이번에도 같은 생각이 든다. '이렇게 번거로운 일이 그에게는 스트레스가 되지 않는 것인가'라고 말이다.

불쾌함을 표현하는 사람을 꺼리지 않는 사람은 많지 않겠지만, 나는 특히 그런 사람을 대하기가 무척 힘들다. 앞서 언급한 레스토랑이나 역에서 일어난 상황에서는 보통 불쾌한 응대를 받기 쉽다. 그 사실을 절실히 느끼기에, 먼저 불쾌함을 예상하게 되어 몸부터 바르르 떨린다. 그런 상황에서 친절한 응대를 받으면 우선 깜짝 놀란다. 그리곤 차츰 행복한 기분을 느낀다.

사람이 어째서 불쾌한 응대를 하는지에 대해 생각해본다. 본래 타고난 성격이 불쾌함을 잘 표현하는 사람도 있겠지만, 역시 귀찮다고 느끼기 때문이 아닐까 싶다. 그렇지 않아도 바쁜데 바쁜 일을 더 시키니까 귀찮아지는 것이다. 나 역시 누군가를 귀찮게 만들었다고 자각하게 될 때는 흠칫 놀란다.

이것과 반대되는 사례는 도쿄, 특히 도심의 택시이다. 나는 줄곧 먼 거리는 택시 운전사에게 귀찮은 일이 될 것으로 생각했다. 가까운 곳을 이곳저곳 다녀야 귀찮지 않고 좋으리라 생각했다. 그런데 귀찮지 않을 것이라 예상하는 단거리를 부탁하면 70퍼센트의 운전사가 대개 불쾌한 표정을 짓는다. 목적지에 도착할 때까지 한마디 말도 건네지 않는 일

도 부지기수다. 오히려 귀찮을 거라 생각한 장거리 쪽 응대
가 친절하다.

　일전에 나리타 공항에 가야 하는데 신주쿠역에서 사고가
발생해 지하철이 운행을 중단한 일이 있었다. 택시로 갈 수
밖에 없는 상황이었다. 역시나 신주쿠에서 나리타 공항까지
는 너무 장거리라 택시 운전사가 귀찮아할 거라 생각하며
조심스럽게 택시에 탔는데, 예상과는 달리 택시 운전사는
무척이나 기분이 좋아 보였다. 그 모습에 오히려 내가 주춤
할 정도였다. 택시에서 내릴 때 "좋은 여행 되세요!"라고 웃
으며 말해주기까지 했다. 이렇듯 택시업계만 유일하게 귀찮
고 시간을 할애하는 손님을 선호하는 것 같다.

　바쁘다는 것, 귀찮다는 것은 부정적인 쪽에 속한다. 그 때
문에 부정적인 감정과 부정적인 태도가 되는 것이다. 바쁜
것도, 귀찮은 것도 스트레스이므로 불행한 것이다. 나는 그
렇게 생각한다. 누군가가 나에게 귀찮은 일을 시킨다든지

바쁜 일 처리를 시키면 불쾌해진다. 손해를 보는 듯한 기분마저 든다.

그래서 바쁘고, 귀찮아도 행복해하는 사람을 보면 깜짝깜짝 놀란다. 분주함이나 귀찮음이 범접할 수 없는 강렬한 행복을 만나 부정적인 기운이 희석된다. 그리고 불쾌함을 그대로 표출하는 자신을 떠올리며 새삼 반성하게 된다.

서서히 알게 된 사실은, 기쁨은 기쁨을 부르고 화는 화를 부른다는 것이다. 불쾌함은 불행을 불러들이고 기분 좋은 마음은 행복을 불러들인다. 격언 따위의 말에는 관심 없지만, 이는 격언도 법칙도 아닌 진실이다. 나는 이 사실을 최근에 깨닫게 되었다.

물론 당연히 홍콩에도 불쾌함을 표현하는 사람이 있다. 발 마사지 가게에서 마사지를 해주는 사람이었다. 나보다 훨씬 젊은 여성으로, 점주에게 전화로 호출받아 어디선가 달려온 모습이었는데 불쾌한 표정으로 내 앞에 앉아 마사지를 시작했다. '음… 이 사람은 불쾌한가 보네. 호출받은 것이 귀찮아서겠지' 하고 나름 이해하며 눈을 감고 잠을 청하려 했다.

그런데 어느 자리인지 몰라도 너무 아파 나도 모르게 벌떡 일어나 비명을 질렀다. 그 정도로 고통스러웠다. 그 여성은 섬뜩 놀란 표정으로 나를 보더니 갑자기 웃기 시작했다. 알아듣지 못하는 광둥어로 말하면서 허리를 보여준다. 여기가 아프면 허리가 좋지 않은 거라고 말하고 싶었나 보다. 한바탕 웃더니 다시 본래의 불쾌한 얼굴로 돌아갔는데, 마사지가 끝나고 나가려 하자 "씨 유 투모로우See You Tomorrow~"라며 웃어 보였다.

허리가 안 좋아서 그나마 다행이었나 싶었다.

재방문 여행기록

　　　　　　　　내가 여행하고 싶은 곳은 일관된 기준이
있다. 바로 '가보지 않은 장소'이다. 그래서 같은 장소를 여
행하는 일은 거의 없었다. 하지만 생각해보면 가끔 이전에
여행한 곳을 재방문하고 싶다고 애태우기도 한다. 그렇지만
그런 일은 일어나지 않을 것이라고도 동시에 생각했다.

미얀마도 그랬다. 2000년에 여행했을 때 무척 좋아졌지
만 한 번 더 방문하는 일은 없겠거니 생각했다. 그런데 16년
이 흘러 짧은 며칠이지만 휴가를 미얀마에서 보내기로 결
정했다. 출발하기 전에 16년 전의 여행 노트와 그때의 사진
을 찾아봤다. 노트는 바로 눈에 띄었지만 사진은 제대로 정
리하지 않은 탓에 몇 장밖에 찾을 수 없었다. 어쨌든 그것을
여행 짐에 함께 넣었다.

기억 속의 양곤Yangon°은 아무것도 없는 곳이다. 당연히
정말 아무것도 없지는 않다. 중앙역이 있고 바로 옆에 큰 시
장이 있다. 중심가에 있는 절과 술레 파고다Sule Pagoda°° 주위
에는 상점과 노점상, 선물 가게와 음식점이 즐비하다.

인도인 거리에는 힌두교 사원과 카레 집이 있고 중국 거
리에는 중국 절과 맥줏집이 있다. 있을 건 다 있다. 그래도

° 미얀마의 옛 수도, 항구도시
°° 양곤의 중심부에 있는 불탑

'아무것도 없다'라는 형용사가 딱 맞는 마을이었다.

  16년 전의 노트를 펼쳐봤다. '양곤에서는 술레 파고다 근처의 중급 호텔에 묵고, 뉴델리 레스토랑이라는 카레 집이 마음에 들어 양고기 카레를 계속 먹었다. 마지막 만찬은 새로 알게 된 일본인 여행객과 함께 간 맥줏집에서 맥주를 굉장히 많이 마셨다'라고 적혀있다.

  그리고 말을 나눈 아이들에 대한 이야기가 많이 적혀있다. 양곤에서는 시장 주변이나 역 플랫폼에서 물건을 파는 어린아이가 많았다. 그 아이들과 친해졌는데, 양곤에서 출발하는 날 그 아이들을 만나러 일부러 시장까지 갔다. 아이들은 기억하고 있지만 헤어지는 인사를 하러 갔는지 어땠는지는 기억이 나질 않는다. 그렇게 어렴풋이 기억하고 있는 것과 전혀 기억하지 못하는 것이 머릿속에 뒤섞여있다.

  뉴델리 레스토랑은 대강 기억하고 있다. 바나 선술집이 전혀 없는 양군에 맥줏집이 있다고 일본인 여행객이 알려줬던 것도 기억이 난다. 아이들은 언어 구사 능력이 제법 뛰어났다. 일본어를 유창하게 말하는 5세 어린아이도 있었고 물건을 팔 때 쓰는 말이지만 7개 국어로 말할 수 있다는 12세 아이도 있었다.

올해 양곤에 도착해 가장 처음 느낀 감정은 황당함이었다. 무엇 하나 기억과 겹치는 것이 없었기 때문이다. 양곤에 도착한 때는 저녁이었는데, 중심가에 숙소를 얻고 저녁 식사를 하러 술집이 늘어선 중국요리 거리 쪽으로 향했다.

인도인 거리를 지나 중국요리 거리로 걸어간다. 길가에는 상점이 즐비하고 보도에는 빼곡하게 포장마차가 이어진다. 똑바로 걷기 어려울 정도로 오가는 사람의 물결로 붐빈다. 차도는 승용차, 버스, 트럭이 가득 메우고 있다. 어렴풋이 기억하고 있는 광경과 무엇 하나 겹치는 것이 없다.

시장은 같은 장소에 있었다. 시장에 다다르자 마을이 크게 변화했음이 드디어 느껴졌다. 아무것도 없던 시장 주변은 채소나 과일, 달걀, 과자, 의류를 파는 노점상이 다닥다닥 붙어있다. 이곳도 마찬가지로 수많은 인파가 장을 보느라 붐빈다. 물건을 파는 아이들의 모습은 보이지 않는다.

그런데 이 마을에 대해 전혀 본 적이 없다고 느끼는 것은 새로운 빌딩이나 고급 호텔, 켄터키 프라이드치킨 1호점 등 동시다발적으로 생겨난 상점 때문이 아니었음을 서서히 깨닫게 되었다. 중요한 것은 활기다. 마을 전체를 감싸는 사람들의 활기가 16년 전과 전혀 다른 마을의 모습을 만들고 있다.

16년 전 아웅 산 수지Aung San Suu Kyi 여사는 감금되어 있었고 대학은 군사정권에 항의해 폐쇄되어 있었다. 나는 그런 상황을 여행하는 동안 알고 있었다. 하지만 그러거나 말거나 마을은 고요했다. 사람이 살고 있고 제대로 생활하고도 있지만, 무언가에 쌓여있는 듯 조용했다.

그랬는데 지금은 어디를 가도 사람 사람 사람, 소음 소음 소음뿐이다. 남녀노소 상관없이 모두 일을 하고 있고 쇼핑을 한다. 목적지를 향해 바쁜 걸음을 재촉하거나 버스에 타거나 한다. 어쩐지 모두 생기발랄하다.

'희망'이라는 생각이 들었다. 이곳 사람들은 지금 희망을 품고 있다. 보고 있으면 신기할 정도로 확실하게 알 수 있다. 예를 들면, 봄비는 노점상 구석에서 산더미처럼 쌓인 더러운 접시를 설거지하고 있는 사람들의 표정이 무척 즐거워 보인다. 아침 일찍 가게를 청소하는 식당의 젊은 청년들이 흥에 겨워 보인다. 사람들로 엉켜있는 노점상 골목을 빠져나가는 사람의 표정이 짜증스럽지 않다. 어딘가 모두 즐거워 보인다. 이전 여행에서는 느끼지 못했기에 새롭게 다가온다. 2010년 감금에서 해방된 아웅 산 수지 여사의 NLDNational League for Democracy*은 2015년 선거에서 압도적인 승리를 거뒀다.

---

* 국민 민주연맹

올해 초 1월 5일 전날, 양군에 도착했을 때가 마침 미얀마의 독립기념일로 아웅 산 수지 여사가 양군에서 연설했다고 신문에서 읽었다. 그러한 일련의 변화들이 이 마을 사람들의 현재에 어떻게 영향을 끼쳤는지, 미래에는 어떻게 바뀔지 마을 사람들의 목소리를 실제로 들어보지 않아 정확하지는 않지만 적어도 마을 전체에서 느껴지는 활기 및 희망과 무관하지 않음을 알 수 있다.

이전 여행에서 느꼈던 인상밖에 없던 나는 뉴델리 레스토랑은 바로 찾을 수 있으리라 생각했다. 아무것도 없던 마을 그 일대에서 가장 큰 식당이었으니까. 정말 좋아했던 양고기 카레를 다시 한번 먹어보고 싶었는데, 큰길에서 골목까지 음식점과 노점상이 즐비하게 늘어서 수많은 인파가 오가는 중심가로 변한 덕에 찾을 수 있는 상황이 아니었다.

한없이 맥주를 들이켰던 맥줏집도 당연히 찾을 수 없었다. 그 19번지 골목은 16년 전 양곤에 도착하자마자 향했던

술집 골목이었는데, 현재 이곳은 고기나 채소, 생선 꼬치를
숯불에 구워 파는 바비큐 가게가 늘어선 선술집 골목이 되
었다. 도로에까지 테이블이 놓여 있는데, 어느 테이블 하나
빈자리 없이 현지인과 외국인 관광객으로 꽉 차 있다. 모두
맥주나 가져온 위스키를 마시고 있다. 큰 규모의 맥줏집이
선술집 골목으로 발전하게 된 것 같다.

　이 골목의 바비큐 가게에서 맥주를 마시고 바비큐를 먹
고 있으니 몇 명의 아이가 돈을 달라며 조르거나 꽃을 팔거
나 했다. 5살 정도로 보이는 사내아이가 내 테이블로 와서
손바닥을 내보였지만 내가 고개를 젓자 실망한 얼굴을 해서
나도 모르게 "미안!"이라고 사과했다. 그러자 그 아이는 빙
긋 웃으며 다른 테이블로 가면서 "미안!"이라고 내 흉내를
냈다. '와, 어학 센스가 있네. 16년 전과 변하지 않았어!'라
며 아무도 관심 없는 사소한 부분에서도 나는 이곳에서 감
동을 느꼈다.

다
시
찾
은
성
지

앞장에 이어 미얀마에 관해 쓰려고 한다.

미얀마라고 하면 파고다Pagoda, 즉 불탑이다. 상좌부불교上座
部佛敎*를 믿는 미얀마에서는 어느 마을에서나 파고다를 흔

• 남방 아시아의 불교

히 볼 수 있다.

양곤의 중심가에는 술레 파고다가 있는데, 사실 '이 파고 다를 중심으로 마을이 생겼다'라는 게 맞겠다. 중심가에서 북쪽으로 약 20분 정도 걸으면 미얀마 최대의 쉐다곤 파고 다Shwedagon Pagoda*가 있다. 마을의 모습은 16년 전과 제법 달라졌지만 파고다는 그대로이다. 아니, 마치 처음 온 듯한 느낌이 들 정도로 변해버린 양군의 모습이지만 파고다를 보 자 드디어 과거와 이어지는 부분을 발견할 수 있었다.

쉐다곤 파고다의 정면은 남쪽이지만 동서남북에 모두 입 구가 있다. 남쪽 입구로 들어가면 양옆으로 선물 가게가 늘 어선 계단이 이어진다. 햇살이 강한 밖에서 입구 안으로 들 어간 탓에 계단이 캄캄하게 보인다. 어두컴컴함 속에서 우 두커니 가게들이 늘어서 있다. 올라가다 보면 계단 끝이 밝 게 빛나는데, 그곳 바로 넘어 파고다가 보인다.

───────

* 미얀마 옛 수도 양곤 북쪽에 있는 거대 불탑

이 계단의 어둠은 생생히 기억하고 있다. 계단을 오를수록 시야는 햇빛 때문에 새하얗게 물든다. 그렇게 오르다 보면 이윽고 금빛의 거대한 불탑이 존재감을 드러낸다. 그 기억을 떠올리며 어두운 계단을 올라간다. 처마 근처에서 가게를 보는 남녀노소가 무언가를 먹고 있는 모습도 여전하다. 기억 속의 모습 그대로인, 새하얗게 빛나는 파고다 안으로 발을 내디딘다. 신발은 벗어야 해서 뜨거운 아스팔트 위를 걷는 것에 익숙해질 때까지는 제법 힘들다.

그런데 파고다에 들어가자 놀라움의 연속이었다. 기억과전혀 달랐다. 기억으로는 그저 넓기만 한 장소였다. 크기가변할 리는 없으니, 아마도 사람이 늘어나면서 제단이나 불당의 수도 늘어났을 것이다.

여하튼 많은 불상이 있다. 적절한 예는 아니겠지만, 제를올리는 날처럼 사당이나 제단 및 불당이 늘어서 있고 그 안에 한 체만이 아닌 세 체, 다섯 체의 불상이 있는데 많은 곳은 수십 체가 놓여있다. 어느 제단이나 사당 앞에는 어김없이 수 명에서 수십 명의 사람이 앉아 열심히 기도하고 있다.

경악을 금치 못하게 하는 광경은 사당 내부나 제단 바로 옆에서 도시락을 먹고 있는 가족과 낮잠을 자는 사람들의 모습이다. 그곳이 어디든 무조건 그늘만 있으면 앉아 먹거나 자거나 수다를 떨거나 한다. 부처님이 두터운 신앙의 대상이자 동시에 사람들의 생활과 동떨어진 존재가 아닌 것이다. 앞에서 도시락을 먹거나 뒹굴며 낮잠을 자도 전혀 문제없는 친근한 누군가일 뿐이다.

이외에도 여러 파고다가 있다. 이번 여행에서는 혼자 파고다 투어도 했는데, 최근에 지어진 파고다를 두 개나 발견했다. 이렇게나 많은데 또 짓는다니! 새로 지어 번쩍이는 파고다에도 기도하러 온 사람으로 붐볐다.

그리고 미얀마에서 가장 신성하게 여기는 성지 중 하나인 카익티요Golden Rock°가 있다. 산 정상에 커다란 바위가 파고

다를 지탱하고 있는데, 떨어질 듯 떨어지지 않는다. 그 파고
다 안에 모신 부처님의 머리카락이 거대바위를 이 상태로
머물게 하는 것이라고 전해진다. 사람들은 거대한 바위 위
에 파고다를 세우고 바위를 금박으로 물들였다.

성지는 상당히 외진 곳에 자리하고 있다. 16년 전 이곳에
어떻게든 가고 싶어 근처 바고Bago**에서 차로 2시간 정도
이동한 다음 많이 걸어서 힘들게 정상으로 올라갔었던 기억
이 있다. 점점 비탈길의 경사가 심해져서 방문객을 가마에
태우고 이동시켜주는 인부들에게 나도 부탁해야 할지 심각
하게 고민했었다.

그렇게 힘겹게 오른 정상에는 참배객이 별로 없었지만 안
개가 자욱하게 드리워져 신비스러웠다. 비스듬히 걸쳐있는
바위는 너무나 반듯하게 비스듬한 각도여서 놀라움을 넘어

---

* 황금 바위
** 미얀마 남부 지역

헛웃음이 나올 정도였다.

여성이 바위를 만지면 굴러떨어진다는 속설 때문에 여성
은 바위를 직접 만져볼 수는 없다. 금박을 사서 바위에 붙이
는 일도 남성만 할 수 있다. 그래도 비스듬하게 걸쳐있는 커
다란 금색 바위를 가까이서 볼 수 있는 것만으로 충분히 만
족스러웠다.

이번에는 양군에서 출발했다. 외각의 버스터미널까지 합
승 버스로 이동해 그곳에서 킨푼Kinpun행 버스를 탄다. 대개
4시간 정도 달리면 베이스캠프가 되는 킨푼에 도착한다. 킨
푼은 작은 마을이지만 거리에는 식당이나 상점이 즐비하고
관광객뿐 아니라 현지인도 많이 오간다. 그곳에서 정상까지
는 정부가 운영하는 트럭만 입장할 수 있다. 짐칸에 만든 좌
석이 만석이 되어야 출발한다. 트럭은 심한 비탈길을 전속
력으로 달린다. 40분 정도 달려 입구로 이어지는 산길에 도
착한다. 좁은 산길의 양옆으로 선물 가게가 늘어서 있다. 입

구에 신발을 벗어 보관한다. 금박의 바위는 바로 나타나지는 않는다. 가장 안쪽에 자리해있다.

산길은 어렴풋이 기억이 나는데, 파고다의 부지에 들어가자마자 미간이 찌푸려졌다. 이번에도 역시 기억과 전혀 달랐기 때문이다. 그 원인은 역시 사람이다. 너무나 많은 인파로 발 디딜 틈도 없어 성지라기보다 단지 경치를 구경하는 관광지 같았다. 신비는커녕 아무런 감흥이 느껴지지 않는다. 게다가 사각형 모양의 텐트가 쭉 늘어서 있는데, 그 안에도 사람이 빽빽하게 들어가 있다. 도시락을 먹거나 자거나 이야기하거나 트럼프나 게임을 하는 사람도 있다. 아무래도 그곳에서 묵는 사람들인 것 같다. 아침 해를 맞이하는 황금 바위에서 기도를 하려는 것임이 틀림없다.

황금 바위만큼은 이전과 변함없이 여전히 비스듬하게 서 있다. 그 주위에도 많은 사람이 있고 금박을 붙이는 사람도 몇 명 된다. 기도할 사람을 위해 마련된 장소에서 열심히 기

도하는 사람들도 있다. 바위를 바라볼 수 있는 곳곳의 장소에서 그늘을 발견하고 앉아있는 사람도 많다. 주황색 승려복을 입은 스님도 두 손을 모으고 기도한다. 스마트폰으로 바위 사진을 찍는 스님도 더러 있다.

나는 다시 옛날 여행 노트를 확인했다. 그때 카익티요에 갔을 때는 우기여서 사람이 적었던 시기였던 것 같다. '정부의 트럭은 시즌 마감이어서 나오지 않았을 테고, 킨푼에서 걸어 정상까지 갔다'라고 적혀있다.

무인 성지도 좋았지만, 그래도 사람으로 가득한 성지가 역시 좋다고 생각한다. 기도드리는 대상을 친근하게 느껴, 음식 냄새를 풍기고 아이가 정신없이 뛰어다니는 그러한 우리의 생활과 위대한 대상에게 기도드리는 행위가 모순적이지 않으면서 잘 섞인 장소가 더 좋지 않을까 싶다.

궁
합
이

맞
지

않
아
도

괜
찮
아

　　　　사람들 사이처럼 장소와 사람에게도 궁

합이 있고 인연이 있다. 처음 혼자 여행하게 되었을 때부터

조금씩 그런 생각을 해왔다. 그렇지만 어디까지나 '그럴 것

같다'에서 멈췄는데, 드디어 최근에 장소와 사람 사이에서

도 궁합과 인연이 확실히 있음을 직접 피부로 실감하게 되

었다. 특히 인연에 대해서 말이다.

올해 2월에 처음으로 이시가키섬石垣島*과 이리오모테섬 西表島**에 다녀왔다. 2년 전 다케토미섬竹富島***에 간 적이 있는데, 그때 이시가키섬 공항과 페리 선착장을 오갔지만 머물지는 않았다.

다케토미섬에서도 느꼈지만 나는 야에야마 지방八重山 地方****과 인연이 없다. 가기 전부터 어쩐지 그런 느낌이 들 었는데, 실제로 가보니 마음과 몸이 '정말로 인연이 없구 나…' 하고 반응했다.

하지만 야에야마처럼 '인연'이라는 단어와 어울리는 지역 도 드물지 않을까 싶은 생각도 든다. 인연이 있는 사람은 이

• 일본 오키나와현 나하에서 남서쪽으로 떨어진 동중국해에 있는 섬
•• 일본 규슈 오키나와현에 속한 섬
••• 일본 오키나와현 나하에서 남서쪽으로 떨어진 동중국해 동부해역에 있는 섬
•••• 일본 오키나와현의 군도 지방

미 그곳의 부름을 받는다. 흥미를 느끼고 자기 스스로 찾아
가는 사람도 있고, 말로 설명할 수 없는 충동적인 기분으로
찾아가는 사람도 있을 것이다. 어쨌든 모두 '부름을 받았기
에' 가는 것이다.

　나는 부름을 받지 못한 채 나이를 먹었다. 오키나와 본섬
에는 갈 기회가 있었지만, 그곳에서도 다른 곳으로 가볼 생
각은 하지 않았다. 근래 매년 마라톤에 참가하기 위해 나하
那覇ᵉ를 방문하는데, 나하와도 나는 인연이 없는 듯하다. 인
연이 없으니 나라도 적극적으로 움직이지 않으면 갈 기회조
차 없어진다. 그래서 기를 쓰고 열심히 때를 포착해 기회를
만들어내고 있다. 그렇게라도 하지 않으면 연결이 완전히
끊어져 버릴 테니까 말이다.

　참고로 다케토미섬도, 이번에 방문한 이시가키섬과 이리

───────

• 일본 규슈 오키나와현의 현청 소재지

오모테섬도 모두 업무차 다녀온 여행이다. 이 점도 인연이 없음을 실감케 한다. 나는 야에야마 지방에 가고 싶어 스케줄을 조절해 일하기로 했다. 여기서 일을 하지 않겠다고 거절하면 갈 기회를 아예 없애는 것이니 그렇게 하기로 했다. 완전히 개인적인 견해인데, 인연이 없는 곳에 가면 나는 약간 이상한 감정을 느낀다. 우선 '와, 이상한 곳이네…'라고 느낀다.

이번에 방문한 이시가키섬도 공항에서 출발해 호텔에 도착한 후 가장 먼저 든 생각은 '어딘가 이상한 곳 같다'였다. 저녁을 지나 밤이 깊어지고 새벽이 되어 아침이 밝아오자 점차 그 '이상하다'라는 감상이 더더욱 짙어져 갔다. 이리오모테섬은 더욱 강렬했다. 페리에 타서 섬에 내리자마자 '지금껏 본 적 없을 정도의 이상함이다!'라는 생각이 들어 경악할 정도였다.

이 경우의 '이상함'은 부정적인 의미가 결코 아니다. '내가 전혀 알지 못하는 종류의 것'이라는 감각이다. 그리고 그 전혀 알지 못하는 감각은 알면 알수록 약해지는 것이 아니다. 알면 알수록 강해지는 것이다. 그 점이 바로 내가 인연이 없다고 느끼는 곳의 특징이다.

이시가키섬에서는 거의 온종일 자유시간이 있어 동네를 걸었다. 선물 가게 거리를 걷고 절이나 문화재를 보러 갔다. 민가가 옹기종기 모여있는 골목길을 걷고 채소와 과일을 풍성하게 팔고 있는 마트에도 갔다. 공원에도 갔고 페리 선착장 안도 견학했다. 강아지를 산책시키는 아이들이 내 앞을 걷고 있었고 아이와 엄마가 함께 저녁거리 재료를 고르고 있었다.

어디에나 있는, 일상의 지극히 평범한 풍경이다. 그런데도 나에게는 이러한 풍경이 전부 익숙하지 않은, 낯설고 신기한 광경으로 보인다.

빨간 지붕에 제법 규모가 있는 도서관에 갔다. 어디에나 있을 법한 도서관이지만, 역시 나에게는 어딘가 묘한 분위기가 느껴진다. 그렇게 느끼는 나를 놀리기라도 하듯 화창하던 하늘에 갑자기 먹구름이 드리운다. 곧 비가 쏟아졌고 도서관 실내도 어둑어둑해졌다. 옆자리 어르신은 묵묵히 향토 관련 책을 읽고 있다.

창문 너머 빗줄기가 약해진 걸 확인하고서야 밖으로 나왔다. 진득진득하고 미적지근하며 둔탁한 바람이 분다. 나는 처음으로 (달리 표현할 수 없는) 그 감촉을 느끼면서 내가 가장 낯설어하는 것은 이곳의 기온도, 습기도, 햇볕도 아닌 시간의 흐름임을 짐작할 수 있었다.

정확하게 멈춘 것을 누군가가 알아차리기라도 하는 것 같으면 허겁지겁 시곗바늘을 움직여 시간을 맞추는, 그런 부자연스러운 시간의 흐름이다. 그러고 보니 이리오모테섬도 나하도 각각 시간의 흐름은 다르지만 독특함을 가지고 있다. 다른 곳에서는 느낄 수 없는 무언가가 있다.

나와 달리 내 주위에는 야에야마 지방과 인연이 있는 사람이 많은 편이다. 인연이 있는 사람은 빠르면 10대에 부름을 받았는데, 그런 사람은 그 특유의 시간의 흐름에 순조롭게 익숙해진다. 그리고 재차 방문하게 된다.

이번 이시가키섬은 휴가로 이시가키섬을 방문하는 친구 부부와 합류해 몇 번인가 함께 술을 마셨다. 친구 부부는 결혼하고부터 야에야마 지방을 자주 찾는다고 한다. 이시가키섬에서 이 부부를 보고 있으니, 그야말로 '부름을 받은' 사람들임을 납득하게 되었다.

둘 다 이시가키섬의 독특한 시간에 아무런 저항 없이 자연스럽게 물들었다. 그리고 도쿄에서 만날 때와 어딘가 미묘하게 다르다. 반은 이곳 사람이 되어있는 듯하다.

이야기를 들어보니 부부는 운전면허가 없다고 한다. 그래서 이시가키섬에 방문해도 특별히 어디론가 이동하여 관광하거나 하지 않고, 낚시나 다이빙을 하는 것도 아니라고 한다. 그저 마을을 여기저기 걸으며 돌아다닌다고 한다. 그래서인지 편의점이나 페리 선착장에서 파는 도시락에 대해 많은 정보를 가지고 있다.

그래, 인연이 있다는 것은 이를 두고 하는 말이다. 나는 그날 온종일 멈추거나 움직이거나 정체하는 시간을 내버려 두면서 어물어물 마트에 가거나 도서관에 갔었다. 하지만 인연이 있는 사람은 그저 걷는 것만으로 기분이 차분해지고 시간을 때워야 하는 것에 대해 생각조차 하지 않는다.

나이를 먹을수록 장소와 사람 사이의 인연이 이런 식으로 선명하게 보이기 시작하는 것 같다. 야에야마 지방은 나에게는 다소 두려운 느낌이 드는 장소이지만, 그 감각도 인연이 없기에 생기는 감정이라고 본다. 아예 알지 못하니 무서운 것이다. 부름을 받은 것도 아닌데 혼자 와 있는 것이 조금 무섭게 느껴진다.

사람과 사람 사이의 관계에서는 인연이 없으면 사랑도 끝나기 마련이지만, 사람과 장소 사이의 관계에서는 인연과 사랑은 관계없다. 인연이 없는 장소라도 좋아지는 경우는 얼마든지 있으며 장소도 자신을 마음대로 좋아하는 것을 허락해준다.

나는 아마도 오키나와 본섬과 마찬가지로 앞으로 야에야마 지방에 갈 기회를 적극적으로 만들게 될 것 같다. 가면 갈수록 그 장소를 알게 되는 것이 아닌, 가면 갈수록 그 낯선 이상함에 매료되지 않을까. 인연이 없는 사람만이 가질 수 있는 관계가 생겨날 것이라 믿어본다.

잠
깐
의
짝
사
랑

대만에서 열리는 북페어에 초대받았다. 3박 4일의 짧은 여정으로 타이베이로 향했다. 대만은 네 번째 방문이다. 첫 여행은 1998년 무렵이었고, 가장 최근이었던 2012년 역시 북페어에 초대되어 타이베이에서 머물렀다.

나에게 대만은 매우 친해지고 싶은 같은 반 친구처럼 느껴진다. '쟤 왠지 마음에 들어. 멋져! 친해지고 싶다'라는 마음이 든다. 상대방도 나에게 좋은 느낌으로 대해주는 걸 보니 나에 대해 나쁜 인상을 받지는 않은 듯하다. 좀 더 대화를 나누고 싶어지고 함께 하고 싶어지기도 한다. 그렇게 되면 내 마음속 욕구는 '저 아이와 친해지고 싶다. 더욱더 친해지고 싶다. 가장 친한 친구가 되고 싶다. 졸업해도 계속 친하게 지내고 싶다'라고 느끼며 점점 더 커진다.

하지만 그 바람은 이루어질 수 없음을 짐작하고 있다. 그 아이는 누구에게나 좋은 인상을 준다. 친절하고 선하며 차별도 하지 않는다. 그래서 그 아이와 가장 친해지는 것은 조금 무리일지도 모른다. 그저 많은 친구 중 한 명이 될 뿐이다. '그래도 뭐 괜찮아!' 하고 애써 생각한다.

이것이 내가 느끼는 대만이다. 이렇듯 대만이라면 되도록 매년 가고 싶다. 2~3일이라도 좋으니 머물다 오고 싶다. 그렇게 생각하면서도 일로서 기회가 없으면 발걸음을 옮기지 않는 이유는 믿는 구석이 있기 때문일까. 그 아이와 가장 친해지는 것은 무리여도, 분명 그 아이는 나를 싫어하거나 하지 않을 테니 시간을 내어 찾아가지 않아도 괜찮다 따위의 믿음이랄까?

타이베이는 그다지 넓은 도시는 아니지만 나에게는 넓은 편이다. 이는 위치 관계를 외울 수 있을 것 같으면서도 외울 수 없는 내 사정에서 비롯된 감각이다. 2012년 북페어 때는 5박 6일 동안 머물렀는데, 의외로 긴 체류 일정에 자유시간도 많아 이 기회에 위치 관계를 확실히 암기해두자고 마음먹고 여기저기를 누비고 다녔다. 오전에는 달리기도 했다. 지하철은 알기 쉬워 편리하지만, 지하철로만 이동하면 어느 위치인지 전혀 모르니 하염없이 직접 걷거나 달리기로 했다.

이때 묵었던 곳은 타이베이 101빌딩이 있는 신의구信義區로 그곳에 중샤오푸싱忠孝復興이 있다. 조금 더 가면 영강구와 타이베이역이 나온다. 타이베이역에서 북쪽으로 가면 중

산구中山區가 있고 남쪽으로 내려가면 룽산사龍山寺가 있다. 이런 식으로 두 발로 걸으면서 위치를 외워갔는데, 지구나 골목마다 완전히 달라지는 분위기를 체험할 수 있었다. 룽산사 주변의 어정쩡함과 신의구의 미래도시 느낌이 서로 옆 동네라고는 믿어지지 않았고, 디화지에迪化街의 레트로한 분위기와 중산역 주변의 번잡한 느낌은 또 전혀 달랐다. 어디에서부터 어떻게 다른지 말로 설명하기란 어려웠지만, 자신의 다리로 걷거나 뛰거나 하면 알 수 있다.

이해하고 체험하고 외우는 것은 나로서는 친해지고 싶은 친구와의 거리를 좁히려는 증거와 같다. 항상 신호등에서 친구와 헤어졌는데, 그날은 친구의 집까지 놀러 갔던 감각과 비슷할 것 같다. 그래서 이번 대만행이 정해졌을 때 나름 대로 자신 있었다. '그렇게 걷고 뛰어서 외운 길인데 괜찮아, 나한테 맡겨!' 그런 기분이었다.

그런데 주최자가 마련해준 숙소에 도착했는데, 그곳은 전혀 모르는 장소였다. 가이드북 지도를 뒤져봐도 장소 자체를 찾을 수 없었다. 숙소는 대만대학 옆에 있었는데, 그곳이 메인 관광 지도에서 벗어난 곳임을 나중에서야 알게 되었다. 지하철역이 가까웠고 대학가 주변답게 음식점도, 포장마차도, 잡화나 옷가게 및 소품집도 많았다.

하지만 내가 알던 타이베이와는 완전히 분위기가 다르다. 관광할 장소라기보다 생활하는 데 적합한 동네이다. 대학가여서 거리에서 마주치는 사람도 당연히 젊은이들뿐이다.

이번 체류 일정은 짧아 자유시간이 거의 없었다. 그래도 오전 10시까지는 여유가 있었기에 이번에도 아침 달리기를 했다. 그런데 아무리 달려도 내가 알고 있던 대만은 나타나지 않는다. 지도에서 확인하면 '아, 여기에서 10킬로미터 정도 더 달리면 타이베이역이 있구나'라고 이해는 되지만 이미 8킬로미터 정도 달렸기에 더는 달릴 기운이 없다.

더군다나 북페어 이벤트가 개최되는 장소도 이번에 처음 가보는 곳이라 모르는 것 투성이다. "여기는 어딘가요? 무슨 지구인가요?"라고 수시로 통역사에게 물어봤다. 들어본 적 있는 장소라면 '아, 그 지역에서 떨어진 곳에 있군' 하며 알 수도 있을 텐데 도무지 연결이 안 된다. 답답할 지경이다.

취재와 이벤트 중간에 2시간 정도 여유가 생겨 통역과 안내를 담당하는 청년이 신명소로 꼽힌다는 송산문화원구松山文創園區라는 곳을 데려가 주었다. 원래는 담배공장이었던 건물을 개조해 거대한 문화시설로 만든 장소라고 한다.

시정부역에서 가까운 이 지역으로 가는 도중에 건물 사이로 삐죽 타이베이 101빌딩이 보였다. "아아!" 나도 모르게 소리를 질렀다. 드디어 내가 알고 있는 타이베이가 얼굴을 드러냈기 때문이다. 특별할 것 없는 고가 아래를 걸으며 갑자기 도장 가게가 떠올라 "여기 알아요!"라고 외치며 멈췄다. 평범하기 그지없는 도장 가게였는데 왜 떠올랐는지는 나도 모르겠다. 그러다 돌연 2012년에 낙관 도장을 만들러 왔던 가게였음이 생각났다.

타이베이 101빌딩과 도장 가게, 그 두 곳이 유일하게 4년 전과 겹쳐지는 광경이었다. 친하다고 여겼던 친구에게 보면 볼수록 나만 몰랐던 면이 계속해서 드러나 불안해졌을 때, 드디어 그 친구다운 모습을 발견한 듯한 안도감을 느꼈다고나 할까. 친구가 나에게 가지는 마음은 내가 친구와 친해지고 싶다고 생각하는 만큼은 아닐 수 있다. 이 짝사랑 같은 마음을 나는 줄곧 대만, 타이베이에 가지고 있을 듯하다. 타이베이의 거리는 계속 변해가고, 계속해서 새로운 건물이 생겨 자꾸만 내가 모르는 얼굴로 바뀔 것이다.

그래도 나는 포기하지 않고 좋아하는 마음을 간직한 채 쫓아다닐 것 같다. 다 변해도 오직 하나, 처음 여행했을 때 느꼈던 대만 사람들의 따스한 마음만 남아있다면 말이다.

인
연
과

여
행
과

인
생
이
란

처음으로 패키지여행이 아닌, 일정이 정
해지지 않은 긴 자유여행을 했던 건 1991년, 24살 때였다.
약 한 달 반 동안의 태국 여행이었는데, 이를 계기로 나는
여행의 매력에 빠져들었다. 이처럼 계기를 마련해준 여행이
었기에 그동안 이 여행에 대한 글을 여기저기 많이 써왔다.

그런데 지금 또 쓰고 있다. 쓰지 않고는 참을 수 없을 만한 일이 있었기 때문이다.

1991년 태국을 종단하여 여행하던 중 사무이섬Ko Samui을 경유하여 타오섬에 도착했다. 타오섬은 당시 가이드북에 실리지 않을 만큼 작은 섬으로 전기조차 들어오지 않았다. 해변에는 숙소가 있었지만 섬 중앙은 산이라 도로가 없고 유일한 이동수단은 보트였다.

방갈로에서 음식을 제공하거나 레스토랑을 겸하여 운영하고 있을 뿐, 전문 레스토랑이나 바는 없었다. 전기는 자가발전 식이었고 밤 10시가 되면 모두 꺼졌기에 관광객은 방갈로에 체크인할 때 열쇠와 함께 양초를 건네받았다. 《론니 플래닛Lonely Planet》과 같은 외국의 가이드북에는 실려 있었는지 유럽인 관광객이 많았다.

그런 타오섬에서 일본인 부부를 만났다. 세계 일주를 하는 배낭여행객 부부였는데, 옆 방갈로에 묵고 있었다. 우리는 마음이 잘 맞았기에 매일 함께 시간을 보냈다. 어느 날 저녁, 다 함께 멀리 떨어진 방갈로에서 식사를 마친 후 한 손에 손전등을 들고 숙소로 돌아오던 길이었다.

　가지를 활짝 벌린 큰 나무에 수많은 곤충이 들러붙어 있는 모습을 봤다. 큰 나무가 깜박거리는 작은 불빛에 휘감겨 있는 것 같았다. 우리는 손전등을 끄고 그 광경을 지켜봤다. 꿈을 꾸는 듯했다. 아니, 꿈이라기보다 보지 말아야 할 무언가를 보고 있는 듯한 느낌마저 들었다. 아름답다는 말로는 표현되지 않는 모습이었다. 그 부부와 주소를 교환했지만, 이후 딱 한 번 편지를 주고받고는 연락이 끊겼다.

　그런데 우연히 그 부부가 삿포로札幌에서 수프 카레 가게를 운영하고 있음을 알게 되었다. 그 가게에 "혹시 당신은 그때 그곳에서 만났던…"이란 내용의 메일을 보냈고, 답장을 통해 가게 주인이 타오섬에서 며칠간 함께 보냈던 부부였음을 알게 되었다. 벌써 20여 년이 흐른 후였다.[*]

---

[*] 《수요일의 신水曜日の神さま》에서도 이 이야기를 쓴 적이 있다.

그 후로 또다시 시간이 흘렀다. 부부의 카레 가게는 지점
을 점차 늘려가고 있었다. 삿포로에 갈 일이 있으면 꼭 그
부부를 만나 수프 카레를 먹겠노라고 다짐했지만, 그런 기
회가 좀처럼 생기지 않았다.

그러다 지난 5월, 신문사 주최의 이벤트에 초대받았다. 장
소는 삿포로였다. 삿포로에 가는 것이 결정되자마자 나는
기뻐하며 부부에게 메일을 보냈다. "드디어 삿포로에 가게
되었습니다!"

5월의 어느 날, 나는 신치토세新千歲 공항에 내려 곧바로
부부의 가게로 직행했다. 지도를 보며 거침없이 카레 가게
를 향했다. 타오섬을 다녀온 지도 25년 가까이 지나있었다.
갓난아기가 의무교육을 마친 후 성인식을 치르고도 남을 시
간이다. 사실 나는 당시 여행 사진을 잃어버린 상태였기에
부부의 얼굴도 제대로 기억하지 못하고 있었다. 그저 즐거
웠던 시간의 기억만을 간직하고 있을 뿐이었다.

가게에 도착하여 깊고 진한 풍미의 맛 좋은 카레를 먹고 있는데, 아내가 나타났다. 얼굴을 기억하지 못했는데도 막상 만나고 보니 곧바로 알아볼 수 있었다. 뒤이어 나타난 남편도 역시 금세 알아봤다. 기억하고 있었던 것은 얼굴이 아니라, 그 사람 내면의 무언가였음을 깨달았다.

역시나 여행 이야기로 대화는 시작되었다. 그 섬에서 이런 일이 있었지, 그런 이야기를 했었지 하며 웃음꽃이 피어났다. "곤충 나무를 봤었는데"라는 남편의 말에 "맞아 맞아" 하고 맞장구치면서 꿈이 아니었다는 사실에 안도했다.

만약 그 광경을 혼자 봤다면 25년의 세월 동안 환상이나 과장된 기억으로 분류했었을지도 모른다. 곤충 몇 마리를 본 것이 나무 전체에 곤충이 가득했다는 기억으로 교체됐을 뿐이라고 여겼을지도 모른다. 하지만 그렇지 않았다. 같이 본 사람이 있다는 건 멋진 일이라고 감동하고 말았다.

인연이란 대체 무엇인가. 지금껏 셀 수 없이 많은 여행을 해왔고 수많은 사람을 만났다. 이 부부와 그랬듯 며칠을 함께 보낸 사람도 있다. 역시 주소를 교환한 사람도 있고 귀국 후에 연락을 주고받은 사람도 있다. 하지만 다시 만나는 일은 거의 없다. 이렇게 긴 시간이 흘러 다시 만났다는 사실은 어떤 인연의 조화인 걸까.

나는 24살에 처음 자신의 힘으로 여행했다. 당시 나에겐 전기도 없는 그 섬이 특별한 천국으로 느껴졌다. 돌아온 후에도 그 느낌은 사라지지 않았고, 지금까지도 여전히 특별한 천국으로 내 마음속에 남아있다.

여행 후 10년쯤 지났을 때는 언젠가 그 섬에 다시 갈 수 있을 것이라고 생각했다. 하지만 25년이 지나고 나니 이제는 다시 돌아가지 못할 것 같은 기분이 든다. 천국이 변했을까 봐 두렵다. 전기가 들어오고 음식점이 줄지어 있는 모습을 보는 것이 두렵다. 지난해 타오섬 옆에 있는 평안섬까지 갔었지만 결국 타오섬에는 가지 못했다.

부부 중 남편은 10년 전에 타오섬을 다시 방문한 적이 있다고 했다. 어떻게 변했는지 보고 싶었단다. 역시나 레스토랑과 바가 줄지어 들어섰고 전기도 들어온다고 했다. "곤충도 안 보였지…"라고 중얼거렸다. 그 이야기를 듣고 있으니 우리는 역시 그곳에서 같은 체험을 했음을 깨달았다. 외적인 체험이 아니라 내적인 체험이다.

그 당시 우리는 나이는 달랐지만 모두 정체의 시기에 있었다. 그 부부는 1년 이상 여행하고 있었고 나는 나대로 작가로 데뷔했지만 거의 일이 들어오지 않을 때였다.

나는 내 앞날에 대해 명확한 비전이 없었다. 그 비전이란 어떤 일을 하고 어떤 집에 사는 따위의 문제가 아니다. 좀더 정신적인 문제에 가까웠다. 자신이 무엇을 믿고 무엇을 짊어질 것인지, 무엇을 싫어하고 무엇을 허용하지 않을지, 무엇을 목표로 살아갈지 등 그 모든 것이 그 당시의 나에게는 불확실했다.

그랬는데 그 섬에서 뚜렷한 비전을 얻었다. 물론 섬에 있을 때는 그런 생각을 하지 못했다. 돌아와 몇 년이 지나서

야 문득 실감했다. 지금의 내가 믿고자 하는 것과 목표하고
자 하는 것, 그 모든 토대는 타오섬에서 단단하게 만들어진
것이다. 투명한 바다와 곤충, 나무와 달빛, 그 느긋했던 시간
속에서 내가 얻은 무언가다.

 타오섬을 끝으로 세계 일주 여행을 마치고 고향으로 돌아
간 부부에게도 비슷한 내적 체험이 있었으리라고 나는 생각
한다. 우리는 같은 장소에서 자신의 인생에 있어 무언가 중
요한 것을 알게 모르게 결정하고 있었던 것은 아닐까. 머나
먼 섬에서 잔뜩 들뜬 상태로, 장난치듯 말이다. 그렇게 생각
하면 우리가 지금 재회했다는 신기하기만 한 인연의 조화도
어쩐지 고개가 끄덕여진다.

기
억
의

진
위

　　　이야기를 하다 내 입에서 "20년 전"이라든가 "30년 전"이라는 말이 나올 줄은 생각도 못 했다. 짐작만으로 20~30년 전이라고 하는 것은 아주 오래전이다. 내 안에서는 '세상 물정을 알게 된 때'라는 표현이 가장 적합하다고 생각한다. 하지만 정말 무서운 사실은 세상 물정을 알게 된 것은 실제로 40여 년 가까이 되었다는 점이다.

　나이를 먹는다는 감각이 희박한 탓일까. 나의 과거에는 20~30년 전이라는 옛날이 포함되지 않은 것 같다는 생각이 든다. 그런데도 여행 이야기를 할 때 무심결에 "20년 전에" "30년 전에"라고 말하는 경우가 많아져 말을 하면서도 나 스스로 깜짝깜짝 놀랄 때가 많다. 그렇구나, 그게 그렇게 오래전이었구나.

　어디 어디에 가본 적이 있느냐는 물음에 20년 전에 어디를 가봤다고 대답함과 동시에 이제 그 말에 더는 의미가 없음을 느끼게 된다. 20년 전과 지금을 비교하면 그곳도 많이 달라졌을 거다. 상대도 20년 전 이야기가 듣고 싶을 것은 아닐 테다. 그렇지만 "가본 적 없어요"라고 대답하는 건 또 아닌 것 같아, 요즘은 질문을 받을 때마다 항상 이런 고민을 하게 된다.

한 번의 여행마다 한 권의 노트를 남긴다. 이동 루트, 숙박 장소, 여행 경비, 먹고 마신 것, 산 것 등이 적혀있고 그 아래에 어디에 가서 무엇을 보고 어떤 사람들과 대화를 나누었으며 무엇이 인상에 남았는지 비교적 상세한 기록이 적혀있다.

그래서 이 노트를 보면 그때의 기억이 꽤 분명하게 떠오르며 세부적인 것까지 생각이 난다. 체험한 것은 아니지만 '기억으로 새겨진 광경'이라는 표현이 슬그머니 얼굴을 내밀기도 한다.

'뭐였지 여기… 알고 있긴 한데 갔던 기억은 없고… 노트 어디에도 등장하지 않은 곳 같은데…'라고 생각하면서 예전 여행 노트를 펼쳐보다 "맞다!" 하며 떠올린다. 이 여행에서 읽었던 책, 후카사와 시치로深沢七郎, 1914~1987년의 수필에 등장한 러브미 농장이다. 당연히 가본 적 없고 어디에 있는지조차 정확하지 않지만, 여행 도중에 일본어에 너무 굶주리다 보니 욕심내어 읽었었고 그 덕분에 책 속의 광경이 내 안에 완전히 정착해버린 것이다. '엘'이라는 이름의 개조차도.

가네코 미스즈金子みす, 1903~1930년의 《해골 잔どくろ杯》이
라는 소설과 《말레이인도네시아 기행マレー蘭印紀行》에서 묘
사된 광경은 내 안에서 네팔의 풍경과 섞여 있다. 단 가즈오
檀一雄, 1912~1976년의 《불타는 집의 사람火宅の人》에서 화자인
주인공이 음식 재료를 구해 여기저기 누비고 다니는 아사쿠
사의 골목길도, 퇴폐적인 뉴욕도, 멕시코의 풍경과 뒤섞인
다. 베트남이 무대인 《반짝이는 어둠輝ける闇》은 베트남 여행
중에 읽어 인상이 달라지진 않았지만, 내가 기억하는 베트
남의 풍경이 20년 전 내가 실제로 걷고 본 것인지 가이코 다
케시開高 健, 1930~1989년가 쓴 40년 전의 풍경인지 혼동된다.

또 한 가지 기묘한 기억이 있는데, 텔레비전이다. 텔레비
전을 켜고 끄는 것은 호불호라기보다 습관이라고 생각한다.
나는 집에서도 텔레비전을 그다지 보지 않는다. 물론 텔레

비전을 켜는 습관이 없어 스위치를 누르지 않는 것뿐, 텔레
비전이 켜져 있으면 보기는 한다.

　그래서 여행지에서 텔레비전이 있는 숙소에 묵어도 나는
텔레비전을 켜지 않는다. 텔레비전을 켜는 것이 습관인 사
람은 텔레비전이 있는 방이라면 들어가자마자 리모컨 스위
치를 누른다. 그런 친구와 함께 하는 경우에는 나도 텔레비
전을 본다. 그 나라의 언어를 알아듣지는 못하지만 그래도
가만히 보고 있으면 대강 내용이 이해된다.

　처음 만나는 남녀 10명 정도가 무인도 같은 곳에서 일정
기간 함께 생활하는 방송을 어쩐 일인지 계속 본 적이 있다.
커플로 이어지기도 하고 배신을 하거나 파벌이 생기기도 하
며 화해를 하기도 했다. 호주에서 봤던 것으로 기억하지만
정확하지는 않다. 여하튼 어딘가 여행지에서 봤는데, 그 섬
의 후미나 정글, 사람들이 공동생활을 했던 쉐어하우스도
마치 내가 걷고 묵었던 곳처럼 생생히 기억한다.

　볼 생각이 없었지만 볼 기회가 많았던 프로그램은 축구이
다. 식사하러 가거나 술을 마시러 간 가게에서 중계를 틀어
줄 때가 많다. 나는 자발적으로 축구 경기를 본 적은 한 번
도 없지만, 여행지마다 축구를 관전했던 기억이 있다. 이탈
리아나 스페인은 물론, 우루무치烏魯木齊*나 미얀마에서조차
그랬다. 텔레비전 앞에서 자리를 뜨지 못하는 종업원들과
함께 알지도 못하는 축구를 멍하게 바라봤다.

　다른 한 가지는 무서운 기억이다. 멕시코를 여행할 때 은
광으로 유명한 과나후아토Guanajuato**에 들렀다. 감탄사가
저절로 나올 만큼 아름다운 마을이어서 며칠 동안 묵으려고
했는데, 도착한 날 밤 저녁을 먹으러 온 레스토랑 2층에서
난투극을 보게 되었다.

───────

● 중국 신장웨이우얼자치구의 성도
●● 멕시코 중부에 위치하며 은광 유적지가 세계 문화유산으로 등재되어 있다

　무엇이 어떻게 된 것인지는 모르겠지만, 레스토랑에서 내려다보이는 길가에서 남성 두 명이 소리를 지르기 시작하더니 갑자기 멱살을 잡고 심각한 싸움으로 번졌다. 경찰이 출동해 둘을 떨어뜨리고 어딘가로 끌고 간 다음에야 잠잠해졌다. 흔히 일어나는 일인지는 모르겠지만, 나는 그 광경을 바라보며 그저 무섭다고 느꼈다. 뭔지 모를 음산한 기분 때문에 무서웠다. 식사를 마치고 한잔 더 하러 갔는데, 무서운 감정이 좀처럼 사라지지 않아 거의 마시지도 못하고 숙소로 돌아갔다.

　방에서 책을 읽고 있는데 복도에서 소란스러운 소리가 나더니 갑자기 야단법석이 되었다. 아무래도 학생들이 단체로 숙박하는 모양이다. 서로의 방을 들락날락하고 장난을 치며 깔깔거리는 것 같았다. 웃음소리와 함께 비명도 섞여 들린다. 평소라면 운이 나쁘다며 대수롭지 않게 여기고 잠을 청하거나, 참을 수 없으면 조곤조곤 프런트에 상의를 할지언정 절대로 무섭다는 감정은 느낄 리가 없을 텐데 그날은 공포에 휩싸였다. 공포의 여관에 혼자 감금된 것만 같았다.

이 공포로부터 어떻게든 빠져나가려고 오랜만에 텔레비전을 켰다. 뉴스가 나오고 있었다. 대학교로 보이는 건물과 두려움에 떠는 학생들이 보였다. 대학교 내에서 흉악사건이 일어난 듯했다. 채널을 바꿔도 같은 뉴스가 나오고 있다.

나중에서야 그 뉴스가 버지니아 공대 총기 난사 사건이었음을 알게 되었지만, 그때는 몰랐었다. 하지만 수많은 사람이 사망했음을 알 수 있었다. 텔레비전에서는 그 사건이 계속 방송으로 나오고 있고 복도에서는 비명과 함께 뛰어다니는 소리가 들린다. '더는 못 견디겠어. 날이 밝으면 체크아웃을 해야지. 이 공포의 여관에서 나갈 거야' 마음을 먹고 벌벌 떨면서 잠을 청했다.

그때 텔레비전에서 본 대학교의 광경과 머물렀던 낡고 어두운 분위기의 숙소, 나무로 만든 침대와 휑한 방, 학생들의 소란스러움 모두 지금도 하나하나 기억하고 있다.

그런데 그 순간이 정말이었을까 싶다. 여행의 기억이 멀어짐에 따라 마음대로 공포를 과장해 첨가한 것은 아닐까. 난투극은 실제로 목격했지만, 학생들은 정말로 시끄럽게 뛰어다녔던 것일까. 실제로 그랬는지 이제는 자신 있게 말하지 못하겠다.

공상과 과장을 포함해 혼자만의 몸과 마음, 감정을 전부 총동원해 움직이는 것이 여행이라는 생각을 해본다.

선택 반지 못할 장소

여행하다 보면 이곳에는 다시 오지 않을 것 같은 장소가 있다. 그런 감은 맞을 때도 있고 아닐 때도 있다. '그럴 것 같다'가 아닌 '절대로! 오지 않을 것 같다'고, 감이 아니라 자신의 의지로 다시는 오지 않을 것이라고 확신이나 다름없이 짐작하게 되는 장소도 있다.

일을 하다 짬을 내어 다니는 여행에서 그런 경우가 많다. 엄밀히 말하면 일을 하는 여행은 일, 즉 출장으로 분류하기에 여행이 아니다. 처음으로 다른 나라에서 일을 시작했던 당시는 이를 구분하지 못했다. 그래서 일정 중간에 주어진 자유시간에 '여행'의 느낌을 느끼려고 기를 썼다. 여유가 생기면 거의 온종일 자유시간을 얻거나 아니면 혼자만 하루 이틀 연장해 머물 수 있도록 부탁했다.

그런데 점점 일로 갔으면 일일 뿐, 여행은 아니라는 점을 깨닫게 되었다. 그러자 이제는 자유시간이 많고 적고는 아무렇지도 않고 아무 상관이 없어졌다. 어디에 가고 싶다거나 무엇을 보고 싶다는 바람도 줄어들었다. 이제는 일로 여행을 가게 되면 우선 여행자의 기분을 버린다. 개인적인 의사를 거의 가지지 않고 스케줄대로 움직이며 누군가가 정한 가게에서 식사를 한다.

하지만 그곳에서 직접 돈을 쓰지 않으면 그 장소에 대해 잘 알게 되지 못한다는 생각이 들어 혼자 카페에 가거나 마트에 가서 소소하게 쇼핑은 자주 하는 편이다.

그리고 길을 산책하는 것도 가능한 스스로 결정한다. 여행할 땐 그곳의 지리를 외우고 그 마을과 친해지기 위해 걸어 다니지만, 일의 경우는 단지 마을의 느낌을 알아보기 위한 이유로 걷는다. 그렇다 보니 철저하게 일로 방문한 미지의 마을은 친해지지 않은 채 거의 낯선 상태로 일정이 끝난다. 가끔은 마을의 이름조차 기억나지 않는 경우도 있다.

일전에 역시 일로 콜롬비아Colombia*에 갔었다. 콜롬비아라는 곳에 대해 나는 아무런 정보가 없었다. 이번에 콜롬비아에 가게 되었다고 이야기하자 주변 사람 모두가 입을 모아 "조심해!"라고 진지한 얼굴로 말했는데, 무엇에 조심하라는 건지 모를 정도로 무지했다.

더군다나 목적지는 수도 산타페데보고타Santa Fe de Bogota가

* 남아메리카 북서부에 있는 공화국

아닌, 그곳에서 비행기로 이동해야 하는 신셀레호Sincelejo라
는 마을이다. 나는 계속 이 마을의 이름도 제대로 기억하지
않았을뿐더러 도착할 때까지 계속 지와타네호Zihuatanejo라는
마을에 가는 것으로 알고 있었다. 스티븐 킹Stephen Edwin King,
1947년~의 소설 《리타 헤이워드와 쇼생크 탈출》의 결말에 나
오는 바닷가 마을인데, 같은 스페인어권이지만 지와타네호
는 멕시코이고 신셀레호는 콜롬비아이다. 그 사실을 도착해
서야 알아차렸다.

　마을 중심에는 큰 교회가 있고 그 주변은 광장으로 둘러
싸여 있다. 이곳에서 방사선 형태의 도로가 펼쳐지고 도로
옆으로 가게가 늘어서 있다. 음식점, 선술집, 구둣가게, 원단
가게, 레코드 가게, 장난감 가게, 반려동물 숍 등 종류도 다
양하다. 광장에는 노점상도 많은데 주로 튀김이나 주스 등
을 판다. 또한 오가며 걷는 사람도, 오가며 달리는 자동차와
오토바이도 셀 수 없이 많다. 여하튼 크고 번화한 마을인 듯
하다.

이때 했던 주된 일은 신셸레호에서 자동차로 수십 분에서 1시간 정도 떨어진 몇 곳의 빈민가를 방문해 그곳에서 살아가는 여성들의 이야기를 듣는 취재였다. 매일 일을 마치고 호텔에 도착하는 시간이 오후 6시 무렵이었고 관계자 전원이 함께 시간에 맞춰 저녁밥을 먹으러 가는 시간은 오후 7시 경이었다.

그 사이 약 1시간 정도가 하루 중 유일하게 얻는 자유시간이다. 그 시간에 나는 매일 마을을 걸었다. 우선 교회로 간 다음, 방사선 형태로 펼쳐지는 길을 한 곳 한 곳 계속 걸어갔다. 어떤 거리에서는 가게 점원이 마이크를 들고 길가로 나와 추천 상품을 소개하는 것이 유행인지 여기저기 삼삼오오 그렇게 떠들고 있었다. 굉장한 소음이긴 했다.

또 다른 거리에서는 웨딩드레스를 파는 가게가 이어졌다. 세련된 음식점이나 젊은 사람들이 다닐 법한 클럽이 즐비한 거리에는 새로 지은 쇼핑몰이 있었는데, 이곳만 반짝반짝

화려하게 빛나 다른 세상처럼 느껴졌다. 아무튼 여행객 대상의 지역은 절대 아니다. 이렇게 큰 지역이지만 한참을 걸어도 관광객을 발견할 일은 없다. 관광객이 갈 만한 선물 가게나 음식점도 없다. 말 그대로 동네 사람들이 생활하는 마을일 뿐이다.

뚜벅뚜벅 길을 걸으며 매번 이런 생각이 들었다. 여행의 요소가 전혀 없는 미지의 장소에 있다는 것을 자각하게 되면 항상 신기한 기분을 느낀다는 것을 말이다. 이곳도 나에게 용건이 없고 나도 이곳에 용건이 없다. 보통의 여행이라면 절대로 선택하지 않을 것만 같은 장소이다.

'보통의 여행'이라고 한다면 광장 주변에 우르르 모여 있는 노점상 한 곳 한 곳을 설레는 마음으로 기웃거리며 뭔지 모르니 손짓과 발짓을 해 일단 사보거나 두근거리는 마음으로 마셔보기도 하고 먹어보기도 할 테지만 이곳의 포장마차 먹거리는 그다지 내 눈길을 끌지도, 흥미롭지도 않다. '도대체 뭘까?'라는 생각은 들지만 먹어보고 싶다는 마음까지는 생기지 않는다.

상점이 즐비한 거리를 걸어도 마음이 설레지 않는다. 진열된 물건은 모두 나와 관련 없는 생활용품뿐이다. 나도 그것을 유심히 들여다보지 않지만 생활용품도 나에게 어필할 생각이 없어 보인다.

이는 나와 무관한 사람과의 대화와 닮았다. 예를 들어, 버스 정류장이나 엘리베이터 안에서 모르는 사람과 함께 있다면 아무 말도 하지 않는 편이 일반적이다. 하지만 "오늘도 덥네요"라고 상대가 말을 걸어오면 "그러게요"라면서 대답을 하게 된다. "저녁부터 비가 온다곤 하던데요"라고 대화를 이어가면 "아, 그래요?"라고 상대도 대답한다. 서로에게 경계심이 없음을 무의식적으로 전달하면서 대화의 꽃을 피우기도 하는 셈이다.

하지만 헤어지면 그걸로 끝이다. 상대의 얼굴도 기억하지 못한다. 날이 더운지 비가 오는지는 아무렇지 않게 된다. 그래도 나쁘지는 않다. 무해한 대화를 건넸고 이를 자연스럽게 맞받아쳤으니 오히려 기분이 좋다.

그렇게 나도 신셀레호와 헤어졌다. 일로 만난 사람들은 앞으로도 계속 기억이 나겠지만, 나와 접점이 없던 그 커다란 마을은 몇 년 후에는 잊힐 것 같다. 마을 이름조차 기억에서 사라지지 않을까?

이런 경험을 어릴 때는 아쉬움으로 분류했었다. 그러나 지금은 다르다. '용건 없음'이라는 감정을 느끼는 것은 사실 상당히 재미있다. 그야말로 보통의 여행에서는 절대로 느끼지 못하거나 인정하지 못하도록 하는 감각이기 때문이다. 그리고 언젠가부터 원래라면 평생 발을 디딜 일이 없었을 장소에 지금 서 있다는 실감을 할 때 느끼는 약간의 취기마저 좋아졌다.

좋아하는 마을에 볼일이 있습니다

　　　　내가 가장 자주 여행한 나라는 태국이다.
한 번 방문했던 장소는 다시 가지 않겠다고 다짐했었지만,
태국은 몇 번이나 갔었다. 라오스에 가기 위해 태국을 경유
하거나, 태국을 거쳐 말레이시아에 가거나, 그동안 가보지
못한 태국의 섬을 방문하기도 했다.

내 여권에 육해공으로 다양하게 찍힌 수많은 태국 출입국 스탬프 때문에 방문 목적을 의심받아 나리타 공항의 세관에서 짐을 전부 조사받은 적도 있다. 세관 공무원은 속옷이 들어있던 주머니부터 화장품 파우치까지 샅샅이 열어보며 왜 이렇게 태국 출입이 잦으냐고 무뚝뚝하게 물었다. "좋아해서요"라고 대답했지만 납득이 되지 않는 눈치였다.

하지만 정말이었다. 그저 좋아해서이다. 그러니 가까운 나라에 갈 때도 일부러 태국을 경유해 간 것이다. 아직도 나는 태국을 끔찍이 사랑한다.

2014년 소설 취재를 위해 태국에 갔다. 태국을 여행하다 영감을 얻어 소설을 쓴 적은 있지만 취재만으로 태국에 간 것은 처음이었다. 당시 나는 복싱 소설을 쓰고 있었기에 무에타이 도장을 취재하러 갔었다. 방콕에는 두 곳의 커다란 무에타이 경기장이 있다. '룸피니 경기장'과 '라자담넌 경기장'이다. 요일별로 번갈아 가며 무에타이 시합이 열린다.

  이 두 곳은 내가 처음 태국을 여행했던 1991년부터 있었
는데, 당시 경기장 근처는 치안이 매우 나쁘니 가까이 가지
말라는 주의를 들었다. 무에타이는 도박의 대상이라 손님도
주변도 난폭하다는 뜻이었을 테다. 그런 기억이 강하게 남
아있어 그 이후 나는 태국에 가도 무에타이를 보아야겠다고
생각한 적이 없다.

  태국에 도착한 날 호텔 측에 오늘은 어느 경기장에서 시
합이 있느냐고 물으니 룸피니 경기장이라고 했다. 그런데
도심의 룸피니 역 근처에 있던 룸피니 경기장이 지금은 교
외로 옮겨 갔단다. "오늘 진짜 재미있는 시합이 있다. 여기
서도 티켓을 팔고 있으니 사가라"라고 하기에 티켓을 산 뒤
새로운 룸피니 경기장까지 택시를 타고 갔다.

  경기장에 가려면 택시 이외의 교통수단이 없는데, 예상외
로 경기장이 멀었고 도로는 꽉 막혀 있었다. '이렇게 먼 줄
알았으면 안 왔을 텐데' 하고 후회했지만, 도착해서 경기가

시작되자 그런 생각은 까맣게 잊혔다.

새로 지은 룸피니 경기장은 좌석이 깨끗했고 외국인은 링에서 가까운 1층 좌석만 살 수 있었다. 2층은 원뿔형 입석이었는데, 이 입석이 엄청났다. 출퇴근길 만원 전철보다 더 꽉 찬 상태로 모든 사람이 주먹을 휘두르며 뭐라고 소리치고 있었다. 경기 사이사이에는 양손에 돈다발을 낀 사람이 어쩌고 저쩌고 소리치며 여기저기 돌아다녔고 그와 함께 입석 관중의 물결이 출렁거렸다. 무에타이 도박의 존재를 알고는 있었지만 시스템은 전혀 몰랐는데, 하여튼 이상한 열기였다.

경기에도 놀랐다. 내가 지금껏 봐 오던 복싱 경기와는 하나부터 열까지 달랐다. 스포츠처럼 보이지 않았고 투계나 투견에 가깝게 느껴져 바들바들 떨었다.

다음 날부터 매일같이 무에타이 도장을 찾아다녔다. 출발 전에 조사했던 곳은 두 군데 도장이었는데, 대략적인 위치

를 지도에서 확인하고 갔지만 주변에 도착했는데도 찾을 수
가 없었다. 근처 상점 주인이나 경찰에게 "무에타이 도장은
어디에 있나요?"라고 복싱하는 몸짓을 섞어가며 장소를 물
어도 모두 고개를 갸웃거릴 뿐이었다. 겨우 "아아, 도장!"이
라고 알아 들어준 사람을 따라 가보니 가게와 가게 사이의
좁은 골목 끝에 있었다. 다른 한 곳도 과연 여기에 뭐가 있
긴 한 걸까 싶은 불안이 엄습할 정도로 좁은 골목을 따라 들
어가야 했다.

　그 외의 도장은 현지에서 알아봤다. 모든 도장이 찾기 어
려운 장소에 있었다. 툭툭 운전사에게 주소를 알려주고 안
내를 받았지만 발견할 수 없었다. 툭툭 운전사가 주변 사람
들에게 물어물어 겨우 찾아낼 정도였다.

　모든 도장의 연습 시간은 오전 7시와 오후 3시로 같았다.
아침 일찍 호텔을 나와 도장으로 향했다. "견학하게 해주세
요"라고 부탁한 후 연습하는 모습을 지켜봤다. 미네랄워터

를 주거나 나더러 자세를 취해보라고 한 후 사진을 찍어주는 곳도 있었지만, 그 외의 사진 촬영은 절대 금지였다.

1시간 30분에서 2시간 사이에 연습은 끝났고, 나는 조식을 먹은 후 다음에 가야 할 도장을 찾았다. 이리저리 헤맨 끝에 겨우 도장을 찾아내어 장소를 확인한 뒤, 점심을 먹고 또다시 오후 3시부터 견학하였다.

견학이 끝난 후 이번에는 가까운 라자담넌 경기장으로 향했다. 모든 시합이 끝나자 저녁 10시 무렵이 되었는데, 나와 보니 영업 중인 음식점이나 포장마차가 없었다. 호텔 근처까지 와서 찾아봤지만 결국 아무것도 발견하지 못했다. 평소의 나는 한 끼라도 못 먹으면 지옥의 끝에 들러붙은 것처럼 절망하는 사람이지만, 여기서는 그런 것쯤은 개의치 않았다. 취재가 즐거워서가 아니라 태국에 있다는 사실이 그저 기뻤기 때문일 것이다. 게다가 '태국에 볼일이 있다'라는 사실까지 더해지니 더 기뻤다.

태국에 수차례 방문했지만 항상 나에게 특별한 볼일은 없었다. 여행이란 그런 것이다. 사원에 가거나 태국식 스키야키를 먹는 것은 개인적인 소망일 뿐 '볼일'은 아니다.

마흔 하고도 후반이 되어 취재라는 명목의 볼일을 해내며 마을을 이동하다 보면 문득 젊은 시절의 내가 보이곤 한다. 휘둥그레진 눈으로 포장마차 거리 속을 헤집고 들어가는 내 모습, 택시나 툭툭을 타면 바가지를 쓸까 봐 그저 걸어 다니기 바빴던 내 모습, 길에서 버스 노선도를 필사적으로 해독하고 있는 내 모습이 나타났다가 사라진다.

그런 처절하게 별 볼일 없는 느낌과 떠안고 있는 한가한 시간의 방대함이 너무나도 놀라워 웃음이 나올 지경이다. 그러면서 어엿하게 볼일이 있어 바쁘게 움직이는 지금 자신의 모습에 조금은 쑥스러워지기도 한다.

지
도
에

대
하
여

　　　나는 '지도'라고 하면《지구를 걷는 법地球

の歩き方》*을 떠올리는 세대이다. 이 시리즈 창간은 1979년인

　●　1979년에 출간된 일본에서 가장 유명한 여행 가이드북으로 국내 번역서 제목은
《세계를 간다》

듯한데, 내가 여행을 시작한 1990년대에도 자유 여행자는 모두 이 시리즈를 가지고 다녔다. 저렴한 게스트하우스부터 길거리 포장마차까지 망라해 소개해주는 가이드북은 이 책 밖에는 없었다고 기억한다.

1990년대 일본에서는 배낭여행이 유행했기에 어느 나라 어떤 지방 마을에 가도 일본인 배낭여행자가 항상 있었다. 아니, 일본뿐만 아니라 세계적으로도 배낭여행이 유행했었다고 알고 있다. 유럽인 배낭여행자는 지금도 각지에서 볼 수 있지만, 당시에는 훨씬 더 많았다.

그중에서도 일본 배낭여행자는 현지 사람들은 물론 다른 나라의 배낭여행자들에게까지 부자라는 인식이 있었다. 당시 이미 붕괴하였었지만, 일본 버블 경제의 인상을 많은 사람이 가지고 있었지 않았을까 싶다.

그래서 일본인이라면 누가 봐도 부자인 듯한 투어 관광객은 물론 누가 봐도 돈이 없어 보이는 배낭여행자도 도둑을 맞았다. 배낭여행자들 사이에서 《지구를 걷는 법》을 들

고 다니지 말라는 소문이 날 정도였다. 독특한 색감의 눈에
띄는 표지라서 '이 여행자는 다른 아시아인이 아닌 일본인'
이라고 정보를 알려주는 꼴이라 오히려 표적이 되기 쉽다고
했다. 길을 잃고 헤매어도 길거리에서 《지구를 걷는 법》을
꺼내면 위험하니 북 커버를 씌우는 편이 좋다는 그럴싸한
말도 들었다.

　말도 못 하게 인기 많은 가이드북이라 좋지 않은 평을 하
는 사람도 적잖이 있었다. 지도가 엉터리라든가, 연락처 같
은 정보가 제멋대로라든가 해서 "지구를 헤매는 법"이라고
불리기도 했다.

　나는 여행자들끼리 대화를 하다 《지구를 걷는 법》에 대
한 좋지 않은 평을 듣고 '정말로 이 시리즈 인기가 있구나'
하고 생각했다. 아무리 나쁘게 말해도 배낭여행자라면 모두
가지고 있었으니 말이다.

　지도가 엉터리라고 해도 어쩔 수 없었다. 방콕의 경우만
봐도, 배낭여행자의 성지인 카오산 거리의 골목골목을 전부

지도로 그려낸 책은 이 시리즈가 유일했다. 그랬던《지구를 걷는 법》의 전성기는 아마도 인터넷의 보급과 배낭여행의 급격한 감소에 따라 끝나버린 것은 아닐까 싶다. 이 시리즈를 발행한 출판사는 지금은 또 다른 시도를 하며 여전히 다양한 시리즈로 가이드북을 만들어내고 웹사이트도 병행하고 있다.

유럽인 배낭여행자라면 반드시 들고 다닌다는 가이드북은《론니 플래닛》으로, 두께가 두꺼운 만큼 정보의 양이 보통이 아니었다. 사진은 거의 없는 편이지만 글로 쓰인 상세한 정보가 대단했다. 배낭여행을 하던 당시 나는 이 책의 일본어판 출간을 간절히 기다렸다.

2000년 즈음 드디어 일본어판 역서가 출판되어 태국 여행 전에 일본어로 번역된《태국 론니 플래닛》을 샀었다. 지나칠 정도로 넘쳐나는 정보의 과다를 따라가는 게 힘들었지만, 책이라고 생각하고 읽으니 정말 재미있었다.

요즘 서점의 여행책 전시대에 가보면 하나의 주제로 특
화한 가이드북이 많다.《지구를 걷는 법》역시 여전히 줄지
어 진열되어 있긴 하지만, 눈에 띄는 평대에 진열된 책은 조
금 더 세련된 느낌이다. 국가를 특정한 가이드북이 아닌 뉴
욕, 런던, 타이베이, 서울 등 하나의 도시로만 구성된 가이드
북이 유난히 많다. 작고 얇은 책으로 무척 세련되어 보인다.
그리고 맛집 탐방, 잡화 구경, 피부미용 관리 등 특정 테마
를 다룬 가이드북도 많다.

이제 한 나라의 북쪽에서 남쪽까지 이동하거나 국경을 넘
거나 하는 등의 여행은 드물어졌다. 지금은 무언가 목적을
가지고 특정 장소로 향하는 여행 쪽이 많아졌다.

나는 지금도 여행할 때는 가이드북을 준비한다. 그런 행
위가 이제는 아날로그적인지 아니면 지금도 일반적인지는
모르겠지만, 그래야 한다고 생각하는 쪽이다. 출장에서 자
유시간이 거의 없다고 예상될 때는 아무것도 들고 가지 않

지만, 그 외에는 아무리 짧은 일정의 여행이라도 가이드북
은 반드시 지참한다.

한두 곳의 도시에서 체류하는 여행이라면 나도 이제는
《지구를 걷는 법》에서 벗어나 서점에서 눈에 띄는 위치에
진열된 세련되고 귀여운 표지의 가이드북을 산다. 요즘 유
행하는 이런 가이드북은 정말로 책 자체가 예쁘다. 미식, 디
저트, 패션, 인테리어, 피부미용 등으로 나눠 소개하거나 산
책, 문화, 트렌디한 거리 등 지역마다 코스 설명 등도 포함
되어 있어 보고만 있어도 벌써 두근두근 설렌다. 중년인 나
조차도 귀여운 잡화에 가슴 설레거나 평소 카페에 잘 가지
않으면서 머릿속으로는 현지의 카페 투어까지 한다.

그런데 실제 여행지에 이 가이드북을 가지고 가면 불편이
이만저만이 아니다. 가이드북의 명예를 위해 첨언하자면,
이것은 책의 문제가 아닌 나의 개인적인 문제다. 사진으로
보면 두근두근 설레지만 역시 나는 잡화에도, 카페에도, 디
저트에도 흥미가 없어서 가이드북이 있는데도 나에게 필요

한 정보를 다른 방법으로 다시 찾아야 하는 불편함이 생긴
다. 그럼에도 여행에서 돌아오면 그 가이드북을 제대로 사
용하지 못했던 사실은 어느새 잊어버린다.

　근래에 매년 방문하는 홍콩의 경우, 슬슬 새로운 정보가
필요하니 가이드북을 새로 장만하자는 마음으로 서점으로
달려가 이번에도 세련되고 귀여운 가이드북을 샀었다. 집에
돌아와 살펴보니 이전에 샀던 가이드북과 완전히 같은 책이
어서 질색했던 경험이 있다.

　나에게 가장 편하고 좋은 가이드북은 역시 질리게 봐온
《지구를 걷는 법》이라는 결론이다. 그렇지만 최근 몇 년간
여행지에서 이 책을 들고 다니는 사람을 본 적은 없다. 역시
가이드북을 지참하는 여행은 아날로그여서 이제는 비주류
가 되어버렸구나 싶다. 홀로 남겨진 듯해서 어쩐지 쓸쓸하
다. 더 쓸쓸한 점은 가이드북뿐만 아닌 일본인 여행자 자체
를 만나기 어려워진 점이지만 말이다.

'신이 다녀가는 곳,에 깃든 배려

일본은 '사람을 세심하게 보살펴주는 나라'라고 생각한다. 그 세심한 보살핌은 학교와 닮았다. 학교의 세심한 보살핌을 받았다는 걸 나는 고등학교를 졸업할 때까지 깨닫지 못했다. 대학교에 입학하자 대학에서는 그 누구도 내게 아무것도 가르쳐주지 않았기에 적잖이 놀랐었다. 수강 신청이며 학점이며 성적 계산, 학교 행사 참여 방법 등 자기 스스로 알아내지 않는 한 무엇 하나 제대로 알 수가 없었다.

궁금한 점이 생길 틈 없이 세심하게 챙김 받고 살뜰하게 보살핌받으며 초등학교부터 고등학교까지 다녀서 그런지, 전혀 도와주지 않는 대학교가 무척이나 당황스러웠다. 결국 몇 가지는 스스로 알아내려고도 하지 않아 여전히 모른 채 그대로 졸업했다. 나는 아직도 학점에서 '단위'라는 것이 무엇을 의미하는지 잘 알지 못하고 성적표에 적힌 'F'가 낙제를 의미한다는 것도 30대가 되어서야 알았다.

일본에서만 생활하다 보면 일본의 세심한 보살핌을 특별하다고 느끼지 못하는 것 같다. 해외로 여행을 나가봐야 비로소 알게 된다. 플랫폼으로 열차가 들어올 때 위험할 수 있으니 노란색 선 안쪽으로 들어가야 한다든지, 열차 문이 닫힐 때 아슬아슬하게 열차에 올라타는 것은 위험하니 조심하

라는 안내는 적어도 내가 여행했던 여러 나라에서는 말해주
지 않았다. 말을 해도 겨우 '주의해라' 정도였다.

열차가 어떤 이유에서 몇 분 정도 지연되어 환승요금이
무료가 되었다는 설명은 어디에서도 해주지 않는다. 여행객
은 지하철 플랫폼에서 기다리고 기다려도 오지 않는 열차
를 하염없이 기다리다 무거운 짐을 끌고 계단을 오르락내리
락해 역무원에게 왜 그런지 물어보러 가야 한다. 하지만 이
유는 알지 못한 채 "늦어지고 있어요"라는 답변만 들어야 한
다. "언제쯤 오나요?"라는 물음에도 "글쎄요"라는 대답밖에
는 돌아오지 않는다. 열차 안에서 다음 역의 안내가 없는 것
도 지극히 그럴 수 있는 일반적인 일이다.

그뿐만이 아니다. 일본은 '비가 올 수 있으니 우산을 잘
챙겨라' '미끄러우니 조심해라' '비에 젖으니까 조심해라'
'비둘기 똥을 맞을 수 있으니 주의해라' 등 무엇이든 다 알
려준다. 과자 또는 인스턴트식품도 그렇다. '지나치게 매우
니 매운 것에 약한 사람은 주의해라' '국물이 튈 수 있으니

뚜껑을 열 때 조심해라' '데우면 뜨거우니 화상을 입지 않도
록 주의해라' 등의 세심한 안내와 조미료나 스낵 등이 담긴
용기에 지퍼가 있는 것 또한 감탄할 정도로 친절하다.

　지금 사는 집으로 이사했을 때 나는 집의 친절함에도 놀랐
다. 이 문을 열 때는 세탁물과 맞닿으니 조심하고 여기에 물
건을 너무 많이 넣으면 가스관과 접촉해 위험할 수 있으니
물건을 욱여넣지 않도록 주의해야 하며 욕실 거울은 습기가
차면 샤워기로 물을 뿌려주고 이 문을 힘껏 열면 벽에 부딪
혀 위험할 수 있다는 등 곳곳에 안내문이 붙여져 있었다.

　물론 책임을 회피하고 싶다는 마음도 있을 수 있다. 내가
자주 타는 버스에는 '위험하니까 버스가 완전히 정차할 때
까지 자리에서 일어나지 마세요'라는 안내문이 붙여져 있
다. 그래서인지 버스가 운행하는 도중에 무심결에 일어나면
"정차할 때까지 일어나지 마세요!"라고 마이크로 주의를 주
는 운전 기사분도 간혹 만난다. 그때마다 승객의 부상을 진

심으로 걱정한다기보다, 승객이 제멋대로 행동하다 혹여나 책임을 떠맡게 될 일이 생기는 것을 원치 않기 때문에 그렇게 주의를 시키는 것 같다고 생각한다.

많은 사람이 '자기 책임'이라는 말을 좋아하고 즐겨 쓰는 이유는, 아무래도 그런 식으로 타인으로부터 무언의 지적을 받고 있기 때문이라고 본다. 그것은 자유를 동반한 책임과는 미묘하게 다른데, 좀 더 '자업자득'에 가깝다.

그렇지만 역시 이런 세심한 친절함에는 책임회피만이 아닌 '보살피고 싶다'라는 순수한 욕구도 상당히 포함되어 있다고 생각한다. 명확하게 설명하기는 어렵지만, 여하튼 일본이라는 나라는 보살피는 것을 무척이나 좋아한다.

이러한 생각을 하게 된 계기는 선술집 화장실이었다. 두루마리 휴지 끝이 삼각형으로 접혀 휴지걸이에 가지런히 걸려 있는 이 모습이야말로 일본 이외의 나라에서는 아직 본적이 없다. 문이 없는 화장실, 변기가 아니라 구덩이만 있는 화장실, 볼일을 본 후 씻을 물을 양동이에 떠놓은 화장실, 사각형 박스 같은 공간에 구멍만 뚫린 화장실 등 여러 나라의 다양한 화장실을 봐오며 드는 생각은 많은 나라에서 화장실이 하찮게 여겨지고 있다는 점이다. 조금 완화해서 표현하면 소중하게 생각하지 않는 것 같다.

근사한 인테리어로 꾸며놓은 레스토랑 화장실조차도 일단 썰렁한 분위기를 내뿜는다. 바닥에 물이 흥건하거나 휴지가 어지럽게 흩뿌려져 있을 때도 있다. 일본의 가게들처럼 전체적으로 정갈하게 정돈되어 있고 벽면을 포스터나 사진으로 꾸며놓은 화장실은 찾아보기 어렵다. 일본은 옛날부터 화장실을 '신이 다녀가는 곳'이라고 인식해서 청결에 각별히 신경을 쓰는 것일지도 모르겠다.

그런데 그 두루마리 휴지 끝을 삼각형으로 접는 행위는 볼일을 보는 사람이 사용하기 편하도록 친절을 베푼 것이기에 화장실을 갈 때마다 고민하게 된다. 사용한 후 다음 사람을 위해 나도 휴지 끝을 삼각형으로 접어야 하나 싶어서이다.

나는 술을 마시면 친구들이 놀랄 정도로 화장실에 자주 가는 편이다. 사람이 북적이는 가게라면 그나마 괜찮지만, 손님이 없는 가게에서는 화장실에 들어갈 때마다 두루마리 휴지 끝이 삼각형으로 접혀 있는 경우가 있다. 이는 '내가 들어갔다 나올 때마다 점원이 화장실을 정리한 후 휴지 끝을 삼각형으로 접는다. 다시 들어갔다 나오면 점원 역시 다시 정리 후 휴지 끝을 삼각형으로 접는다. 내가 또 들어갔다 나오면⋯'이라는 상태가 반복되는 것이다. 점원은 나 때문에, 아니 나를 위해 언제까지고 끊임없이 두루마리 휴지 끝을 삼각형으로 접고 또 접는다.

더는 참고 보지 못하겠기에 결국 내가 휴지를 쓰고 나올 때 삼각형으로 접어버리면 되지 않느냐는 생각이 들었다. 실제로 접어본 적도 있다. 그런데 화장실 안에서 혼자 쭈그리고 앉아 두루마리 휴지 끝을 삼각형으로 접고 있자니, 어딘가 무척이나 쓸쓸한 마음이 든다.

살아가면서 인생의 모토나 신념은 갖지 않고 살아왔지만, 오로지 자신에게 다짐하는 한 가지가 있다. 그것은 '선술집이나 레스토랑 화장실에서 화장지를 다 쓰면 새로운 것으로 갈아놓기'이다. 화장실 내에 두루마리 휴지심만 있는 것을 보고 "엇" 하며 짜증이 난 적이 있었다. 그래서 나는 그때부터 화장지가 떨어지면 다음 사람을 위해 새것으로 갈아놓자고 마음먹게 되었다. 이것도 마음속에서 무자각적으로 타인을 위한 보살핌이 발동한 것이지 않을까? 그런데 갈아 끼우기는 해도 끝을 삼각형으로 접기까지는 하지 않는다.

언젠가 끝부분이 삼각형 모양으로 접힌 이 화장지를 다른 나라에서도 볼 날이 오겠지? 보게 된다면 과연 어느 나라일까? 문득 앞으로의 여행이 기다려진다.

나
에
게

쇼
도
시
마
란

쇼도시마小豆島*를 무대로 한 소설을 쓰고, 그 소설이 텔레비전 드라마와 영화로도 제작된 덕분에 쇼도시마와 인연이 생겼다.

---

* 일본 가가와현 타카마쓰시 앞쪽 세토나이카이에 있는 섬

본래 나는 세토내해瀬戸内海* 섬에 대해 아무런 지식이 없
었다. 소설 연재를 개시하기 전에 담당자가 마침 취재로 쇼
도시마에 다녀오겠다고 해서 "그럼 저도 함께 갑시다" 하며
따라나섰다. 이웃 섬도 몇 군데 돌아볼 예정이었는데, 섬에
서 섬으로 이동하는 데 상당한 시간이 걸린다고 한다. 그래
서 쇼도시마와 다른 섬 한 곳을 더 방문할 일정으로 2박 3
일 여행이 되었다.

　도착 후 반나절 관광하는 관광택시를 부탁했다. 관광명
소를 포함해 여기저기를 돌아봤다. 섬마을 사람들의 축제나
연중행사에 대해서도 들었다.

　관광을 마치고 돌아오니 저녁이었다. 택시 운전사에게 감
사 인사를 건네고 택시에서 내려 호텔 부근을 걸었다. 호텔
방에서는 바다가 한눈에 보였다. 산 능선의 모양과 호수처
럼 잔잔한 바다가 무척 아름다웠다. 다음 날 아침도 걸어서

────────

● 일본 혼슈 규슈 시코쿠에 둘러싸인 바다

돌아다녔다. 오후에 항구로 가는 버스를 기다리고 있으니 어제 탔던 관광택시가 지나가다 태워주었다.

그 반나절 동안 눈에 담고 귀로 들으며 코로 맡은 냄새가 나에게는 첫 경험이었다. 섬에 점재하는 88곳의 영지靈場나 올리브나무들, 계단식 논밭, 야외집회장, 전조재배電照栽培*국화의 비닐하우스, 고요함, 바람 소리, 간장 공장에서 풍기는 냄새, 참기름 냄새 등 이 모든 것이 처음이라 나는 약간 흥분된 상태가 되었는지도 모른다.

방대한 사진과 메모가 남아있지만, 무엇을 봤고 무엇을 써넣으려 했는지 지금은 잘 모르겠다. 세월이 흐르면서 점점 더 잊어버리게 된다.

이 소설의 연재가 끝나자 드라마가 먼저 제작되었고 그 후 영화가 제작되었다. 당연하지만 둘 다 쇼도시마가 나온다. '아, 알지 여기. 알고 있고말고!' 하며 드라마와 영화를

---

* 전등조명을 이용하여 그 작물의 자연 개화기 이외의 시기에 개화시키는 방법

봤었는데, 기억에 남는 장소도 있지만 대부분은 제작자가 찾아서 선택한 장소들이었다. 그런데 나는 어쩐 일인지 보는 내내 "알아, 알아" 하며 고개를 끄덕였다.

　영화가 개봉되고 2~3년쯤 흐른 뒤 잡지 일로 쇼도시마에 재방문할 기회를 얻었다. 영화의 무대가 된 장소를 방문하는 취지의 기사로, 실제 촬영장소로 쓰였던 곳을 걸었다. 이때도 나는 '아, 여기 알겠다'라고 몇 번이나 생각했다. 그것은 예전에 '알아'라고 했던 감각과는 달랐다. "영화에 나온 거기가 여기네"라는 감각으로, 실제로 본 단순한 인지이다. 영화를 촬영했던 공원도, 민가도, 바닷가도 나에게는 살면서 처음 마주하는 장소였다.

　이번에는 1박 2일이었는데, 시간이 여유로운 편이어서 취재와 촬영을 마친 후 산책을 할 수 있었다. 이때 나는 '알아'라는 감각이 내 안에 여러 종류가 있음을 알게 되었다.

　심플한 영상을 보고 생각한 '아는 경치'와 처음으로 쇼도

시마에서 실제로 보고 '아는 경치' 그리고 또 한 가지는 '봤
다'라는 의식을 하지 않았는데도 대단히 강하게 마음속에
남아있기에 '아는 경치'이다.

　마지막 '알아'가 가장 기묘하다. 예를 들면 국도변에 드문
드문 있는 상점 중 한 곳, 굳게 닫힌 유리문 저편에 보이는
손수 만든 낡은 인형이나 플라스틱 컵, 헌 스웨터 등 맥락
없는 물건들이 간격을 두고 늘어서 있다. 무슨 가게인지 알
수 없는 그곳의 광경을 본 기억이 없는데, 그것을 보고 '알
아'라고 느낀다. 그 광경에서 멀리 왔었다는 추억을 떠올린
다. 그리움으로 넘친다.

　도노쇼항土庄港에서 이어지는 길가에 전파상이 있고 그 가
게 앞에는 고개를 갸웃하는 개 인형 니퍼Nipper*가 놓여있다.
오래되어 보이지만 지저분하지는 않다. 취재 중 쉬는 시간

---

* 일본 음향기기 회사 빅터의 트레이드마크가 된 개 인형

에 여기저기 걷다 이 개 인형을 만났을 때는 너무나 반가운 나머지 왈칵 눈물이 쏟아질 뻔했다.

하지만 처음 쇼도시마를 방문했을 때는 니퍼를 만났던 기억이 없다. 그런데 확실하게 안다. 게다가 이 인형을 보고 구상하던 소설의 줄거리가 생겼었다는 기억도 떠오른다. 대체 어떻게 된 걸까? 이 인형을 보고 무엇을 생각했던 것일까? 역시 떠오르지 않는다. 이런 광경이 길을 걷다 보면 수없이 나타났다.

올해도 쇼도시마에 갈 기회가 생겼다. 이번에도 1박 2일이다. 다카마쓰高松*에서 고속 페리를 타고 30분 정도 가면 쇼도시마 도노쇼항에 도착한다. 이번에는 다카마쓰 페리 선착장에서 '뭐지 이게? 모르겠다'라는 감각을 감지했다. 몇 번이나 와본 도노쇼항인데 '어라? 기억과 다르네'라고 느낀다.

───────────

● 일본 시코쿠 북부 가가와현의 현청 소재지

항구에 내려 조금 걸어가니 그제야 '아, 알아! 쇼도시마, 오랜만이네'가 되살아난다. 그리고 '모른다' '기억에 없다'라는 느낌의 정체를 알게 된다. 소설을 집필하는 도중 마음속에서 그리던 페리 선착장과 실제 고속 페리 선착장의 모습이 달랐다. 상상했던 고속 페리 선착장의 모습은 공상이었고, 영화에서 봤던 항구와 도노쇼항의 모습이 겹치지 않아 '기억에 없다'라고 순간 느낀 것이다. 당연하다. 영화에서 배경으로 쓰인 항구는 이케다항池田港이다.

소설을 쓴 지는 어언 10년이 흘렀고, 영화를 본 지는 5년이 흘렀다. 실제 눈으로 본 광경도, 소설을 쓰면서 제멋대로 떠오른 모습도, 영화에서 봤던 장면도 전부 점점 더 뒤죽박죽 이상한 기억으로 뒤섞여 나를 혼란스럽게 만든다. 그렇지만 기분 좋은 혼란이긴 하다. 다른 장소, 다른 여행에서는 느낄 수 없는 혼란이니까.

이번에는 동네 슈퍼마켓을 보자 그립다는 생각이 떠올랐

다. '여기에서 장을 본 적이 있던가' 하고 생각하다 깜짝 놀랐다. 내 기억이라고 생각한 슈퍼의 내부, 멀리 왔다고 생각했던 가게의 유리문 너머 안쪽, 가만히 귀를 기울이는 니퍼의 모습은 모두 내가 아닌 소설의 주인공이 보고 무언가 마음에 남겨두었던 풍경이었다. 여기에서 장을 본 적이 있다고 생각하는 것도, 멀리까지 왔다고 실감하는 것도, 빅터의 트레이드마크 인형 니퍼를 보고 무언가 중요한 것을 느꼈던 사람도 내가 아니다. 가상의 누군가이다.

나는 소설과 나 사이에 거리를 두고 집필하는 쪽인데, 내가 느끼지 못하는 동안 등장인물이라는 '타인의 눈'에서 이따금 무언가를 바라보고 있었는지도 모르겠다. 그런 점을 알게 되면서 머릿속이 점점 혼란스러워졌지만, 가공을 포함해 이중 삼중으로 기억이 겹치는 장소를 얻을 수 있다는 점은 큰 행복이라고 여기게 되었다.

좋아하는 마을에 볼일이 있습니다

무심한 소설가의 여행법

1판 1쇄 인쇄 2019년 6월 28일
1판 1쇄 발행 2019년 7월 10일

지은이 가쿠타 미쓰요
옮긴이 박선형
펴낸이 김성구

책임편집 현미나
단행본부 류현수 고혁 홍희정
디자인 이영민
제작 신태섭
마케팅 최윤호 나길훈 김영욱
관리 노신영

펴낸곳 (주)샘터사
등록 2001년 10월 15일 제1 - 2923호
주소 서울시 종로구 창경궁로35길 26 2층 (03076)
전화 02 - 763 - 8965(단행본부) 02 - 763 - 8966(마케팅부)
팩스 02 - 3672 - 1873 | 이메일 book@isamtoh.com | 홈페이지 www.isamtoh.com

ISBN 978 - 89 - 464 - 2107 - 3 03830

이 도서의 국립중앙도서관 출판예정도서목록(CIP)은 서지정보유통지원시스템 홈페이지
(http://seoji.nl.go.kr)와 국가자료종합목록 구축시스템(http://kolis - net.nl.go.kr)에서
이용하실 수 있습니다. (CIP제어번호 : CIP2019024017)

값은 뒤표지에 있습니다.
잘못 만들어진 책은 구입처에서 교환해드립니다.